日本語が話せないロシア人美少女転入生が頼れるのは、多言語マスターの俺1人

[著]—アサヒ
[イラスト]—飴玉コン

『ヨリ、これどうかな？』
横からチーナに呼ばれたので、
そちらに目を向ける。
そこには、ネコ耳を付けた
超絶美少女がこちらを見つめていた。

ちゅっ。
だが今回はいつもと違い、
ピンポイントな柔らかさが
俺の頬に当たった。

『大丈夫、お前といるのは……楽しいよ』
鏡《かがみ》伊《い》織《おり》
高校二年生。
通訳のアルバイトをしている。
『ヨリって、ロシア語上手いんだね』
クリスティーナ・クルニコワ
伊織と同じクラスに転入したロシア人の少女。
日本語がほとんど話せない。

「久しぶりね、伊織」
「凄いね鏡くん！
ムッキムキだね！」

鏡《かがみ》詩《し》織《おり》

伊織の双子の姉。
学園のアイドルであり、
伊織のことを
敵視している。

秋《あき》本《もと》由《ゆ》紀《き》

伊織のクラスメート。
詩織派ではなく、伊織にも
普通に接してくれる。

contents

日本語が話せないロシア人美少女転入生が頼れるのは、多言語マスターの俺１人

アサヒ

講談社ラノベ文庫

口絵・本文イラスト／飴玉コン
デザイン／たにごめかぶと（ムシカゴグラフィクス）
編集／庄司智

一章　よくある転入生イベント

どうしてこうなったかなぁ……。

八月中旬。

外ではギラギラと太陽が照りつける中、冒瀆《ぼうとく》的にもその光をカーテンで遮り、エアコンで快適な温度に保たれた教室。

その窓際最後尾のベストポジションで、俺は心の中で盛大なため息をついた。

今、クラスの全員が注目している先は、お馴染《なじ》みの黒板が設置された教壇。そこに立つ可憐《かれん》な美少女。

高校二年の二学期四日目、それも水曜日という中途半端なタイミングに訪れたビッグでビックリなイベントに、皆が心躍らせている最中だった。

「クリスティーナ・クルニコワ……です。ロシアから、きました。よろしく……おね……がいします」

教壇に立ち、片言の日本語で自己紹介する少女。

そう。今日このクラスに転入生、それも外国人のとびきりの美少女が来たのだ。

透き通るような栗色《くりいろ》の長髪。白色人種特有の薄い色の肌。涼しげなエメラルドグリーンの瞳。大人びた中にもあどけなさが残る、日本人好みの可憐な容姿。控えめな胸。

絶世の美少女の転入に、クラスのメンバー（主に男子）は有頂天である。

「詩織《しおり》ちゃんも可愛《かわい》いけど、クリスティーナちゃんも超可愛いな！」

「ねぇねぇ！　クリスって呼んでいい？」

「俺のことはお兄ちゃんって呼んでくれぇ！」

まだ自己紹介の最中だというのに、辛抱たまらんといった様子で騒ぎ出す男子生徒たち。

立ち上がっている奴《やつ》もちらほらいる程だ。


ん？　誰か変なのいた？


そんな中ただ一人、極めてブルーな気持ちを噛《か》みしめているのは、俺。もちろんそれには理由がある。

別にアンチ美少女だとか、平穏主義者だとか、黒髪大和撫子《やまとなでしこ》しか許さねえよマザファッカー！　って訳じゃない。

クリスティーナのことを可愛いとは普通に思う。思うのだが……。

いや、いや、絶対に面倒なことになると分かっている俺は、手放しに喜べなかった。

「ほらほらみんな！　クルニコワさんはまだ日本語がほとんど話せないの。あまりまくし立てたら、困ってしまうでしょう？」

二〇代半ばの女性担任教師が、暴れ馬共を優しくなだめにかかった。

ポニーテールから覗《のぞ》くうなじが今日も眩《まぶ》しい。

「皆さんクルニコワさんに用事がある時は、ロシア語の話せるかがみ……あぁ、もう！　静かにしてください！　クルニコワさん。あなたの席は窓際の後ろから一つ隣……あそこの、鏡《かがみ》くんの隣ね」

先生が暴徒を御しきれないと判断し、半ば強引に切り上げクリスティーナにも分かるように指をさして席を示す。

面倒な自己紹介から解放され、ホッとした表情で指定された席に向かうクリスティーナ。

その先は……そう。俺、鏡伊織《いおり》の隣の席。

そして、俺とクリスティーナは既に知り合いである。

◆

俺はクラスの中で浮いている。いや、クラスどころか学年レベルだろう。

そして、人によっては俺の事を嫌っている。

その理由はかなり理不尽なもの。

先程のホームルームが終わって、トイレからの帰り道に、その原因となった女生徒と廊下ですれ違った。

茶髪のボブヘア。可愛らしい顔立ち。まさにアイドルといった美少女。

その女……俺の双子の姉である鏡詩織は、すれ違いざま俺を一瞥《いちべつ》するだけに留《とど》めたが、親衛隊の女子共は一様に侮蔑の視線を送ってくる。

中学からの積み立ても多少あるとはいえ、よくもまあ一年と少しでそんなに印象操作できるもんだと我が姉ながら感心する。

まあだからといって、呆《あき》れて許すといったことも出来ないのだが。

そんなことを考えているうちに教室についた。

後ろ側の引き戸を開けて、エアコンの冷気をその身に受ける。

教室に入ってまず目に飛び込んだのは、俺の席の周りに形成された人だかり……否、俺の隣の席のクリスティーナを囲む集団だった。

「ねえねえ、クリスちゃんって今どこらへんに住んでるの？」

「どうして日本に来たんだ？」

「たぁ……たぁこい、みゅう？」

目を血走らせて群がる男子生徒や、面白そうだとたかる女子生徒達からの質問攻めを受けているクリスティーナ。

中には翻訳アプリ片手にロシア語もどきの言語を披露する輩《やから》までいる。

理解できない言語（似非《えせ》ロシア語含む）を浴びせられているクリスティーナは、表情豊かな方ではないにもかかわらず、今にも泣きそうといった様相だ。

手をあたふたさせながら、

「にほんご……まだ、わから……ない。ごめんなさい」

を必死に連呼しているその姿は、狼《おおかみ》の前で必死に助けを乞う小鹿のよう。

しかし野次馬たちは彼女が本当に困っている事に気づいていないのか、矢継ぎ早にまくし立てる。

そんな中、席に戻ることも出来ない俺は、教室の後ろに立ってぼーっと眺めていたところ、ふと横を向いたクリスティーナと目が合った。

俺を認識した彼女は、泣きそうな様相から一転、心底ホッとしたような顔をして必死に俺に訴えかけてきた……ロシア語で。

『ヨリ！　ヨリ助けて！　この人たち……怖い』

イアー！　イアー！　みたいなノリで急に訳分からんことを言い出したクリスティーナに、驚く野次馬一同。

まあ、さすがにこの状況を見過ごす訳にもいかない。

はあぁ……っと一つため息を漏らして、とりあえずクリスティーナを安心させるために近づいて声をかける……ロシア語で。

『おいおいチーナ。どうせこいつらロシア語分かんないだろうけど、ひどい言いようだなぁ』

その瞬間、全方位から殺意の波動が俺に襲いかかった。

◆

俺がクリスティーナと出会った日の話をしよう。

それは遡ること五日。始業式の日の金曜日。

双子の姉である詩織が俺への陰口を叩《たた》くせいで、俺は一部の奴らから悪人扱いされるようになっていた。一部というのは、詩織を取り巻いている親衛隊の女子共や、ファンクラブの男子連中だ。

俺に対して普通に接していた奴らも、そいつらの影響で最近俺を避けるようになってきた。

その日も俺は学校が終わると同時に帰り支度を始め、さっさと帰路に就こうとしていた。

当日は始業式と掃除だけだったので、昼頃には解散だ。

他のクラスメートたちも、早いうちに帰ることが出来る喜びに浸りながら、思い思いに教室でだべっている。

「鏡くん、いる？」

そこへ他クラスの女子が数人、俺たちの教室を訪ねてきた。

俺を捜しているらしいが、なんの用だろうか。いや、なんか予想できる気がする。

「鏡ならあそこにいるよ」

それに対応したのは我がクラスのイケメンくん。

穏やかな話し方のいかにも正義漢然とした男子で、異世界召喚でもされたら間違いなく勇者になるんだろうなって雰囲気の奴だ。

その正義感は相当自分の物差し基準みたいだが……今は置いておこう。

訪ねてきた女子生徒達はイケメンくんに礼を言うと、俺の机を囲むように近づいてきた。

俺は敢《あ》えて気づかない振りをしつつ、カバンに荷物を詰め込む手を止めない。

なんか反応するのめんどいし、どうせ詩織の親衛隊を気取った女子共だろう。名前は一人も知らん。

どうせあいつがまた俺への小言を漏らしたんだろうな。かなり誇張して。

こいつらは詩織を男子の毒牙から守るって名目で詩織に付きまとっているような連中だが、俺から見れば友達思いの良い奴演じる計算高い女狐《めぎつね》集団だ。

そんな奴らに構ってやるほど俺は暇じゃない。バイトあるし。

「ねぇ！　鏡くん！」

俺が無視を決め込んでいると、痺《しび》れを切らした一人の親衛隊メンバーが俺の机を軽く叩きながら声をかけてきた。

タンッという音が響き、教室にいた半数程度がこちらに注目する。

「なんだよ」

「あんたさぁ……！」

俺のぶっきらぼうな応答に、正面に立つリーダーっぽいやつが口を開いた。

「あんた、また詩織がお風呂で着替えてるとこ覗いたらしいじゃない⁉　いい加減迷惑かけるのやめなさいよ！　あの子の気持ち考えたことあるの？」

話し始めるとノってきたのか、次第に声を大きくしてとんでもない事を言い出しやがる。

詩織とは他クラスなのに、こういったことのせいで段々とクラスメートからの評価が下がってきているのだ。

ほんと、毎度毎度俺の気持ち考えたことあんのか？

といってもこれに関しては完全に無罪。反論の余地があるので、異議あり！　っと心で唱えて口を開く。

「俺がそれを最後にやっちまったのは小六の時のはずだ。それ以降そんなイベント起きてねえよ。それに、あれだってノックに気付かず鍵もかけ忘れてたアイツもそこそこ悪いと思うんだが」

「嘘《うそ》言いなさいよ！　小六の時からずっとやってるんでしょ？　毎日継続して、詩織が鍵をかけ忘れるのを待ってただけで！」

中々の剣幕で否定する親衛隊。まったく、傍迷惑《はためいわく》な連中だ。

「まぁ俺が忘れてるだけにしろ、少なくとも高校に入ってからは絶対にやっていないはずだ。ほら、これ」

と言って俺が取り出したるは、去年取得した大型二輪の免許証（最近一六歳で大型が取れるようになった）。そしてそれを裏返し、現住所の欄を見せる。

「今俺は一人暮らしで、詩織とは暮らしてない。一緒に住んでねえんだから、間違いなんて起きるはずがないだろ？」

敢えて周りに聞こえるように、少し大声で事実を突きつける。

こうしとかないと、周りで聞いているクラスメート達を発端に、誤解が誤解のまま広がってしまう。

これで親衛隊諸君が納得してくれればいいんだが……。

◆

その日の帰り道。

学校の駐輪場に停《と》めておいたバイクに跨《また》がり、自宅への道を景気よく走り抜ける。

乗っているのはＫＬＲ６５０。元々は米軍の偵察用バイクだったのだが、民間払い下げ機となった時に譲ってもらったのだ。

炎天下の中、風を切る感覚が心地いい。

あの後、親衛隊共はどうにか俺を罪人にしようとやはりいくらか粘ってきた。

それもいつもの事なのだが、ちょっとくらい俺の言葉を聞いてやくれんかね？

あのままだとさすがにキレてぶち転がしそうだったので、突っぱねて帰った。

ほんと、詩織と別の高校に行きたかったな。色々事情があって無理だったけど。

そんな事を考えているうちに、自宅……在日米海軍基地の入口に着いた。

俺は高校に入ってから、ここで住み込みの通訳のアルバイトをしている。

本来、一般の高校生が米軍で通訳をするなんてことはありえないのだが、昔からここの軍人方とは交流があり、幼い頃から語学だけは堪能《たんのう》だった俺は特別に認められた。

基本、正規の通訳者は定時が一七時までだから、その時間外で動ける俺は案外重宝されている。

将兵用集合住宅の一室を借りて住んでいるのだが、それは俺の家庭事情を知っている上の人がいろいろ便宜を図ってくれたおかげだ。

名目としては、「緊急時の通訳の確保」ということになっているらしい。

基地の正面入口、白の鉄製ゲートを抜けると、高速道路の入口にあるような警備員室がある。

その前で一旦バイクを停め入構許可証を提示しようとすると、いつもの顔馴染みの警備員が顔を出した。

「よう伊織、始業式にしてはちょい遅かったな？」

「他クラスの誰かさんに絡まれちゃったんですよ」

気さくに話しかけてくる日本人の男性警備員。

米軍基地といっても、警備や通訳、清掃員など日本人は多くいる。俺もその一人だ。

ところで……と、用事があるのか警備員のおっちゃんが少し真面目な顔になって続けた。

「今日の仕事なんだが、特に通訳の用は入ってねぇから、代わりにレイクさんのとこ行ってくれって話だぞ」

「アンジーのところに？　なんで？」

彼の言うレイクとは、アンジェリーナ・レイク二等兵曹の事だろう。いつも仕事で海外を飛び回っている彼女が日本に帰っているのは珍しい。

だが、俺に用事ってなんだ？

俺の問いに、おっちゃんも首をひねりながら答えてくれる。

「よく分からんが、お前に会わせたい人がいるとか聞いたぞ」

俺に会わせたい人？　なんだろう、凄《すご》く大事《おおごと》になる気がする。

ひとまず一度自分の部屋に戻って荷物を置いて、私服に着替えてアンジーの部屋に向かう。

といっても、アンジーの部屋は俺の部屋の隣。徒歩五秒圏内だ。

ポーン！

アンジーの部屋のインターホンを押す。

会わせたい人か……一体誰だろう、見当がつかない。

彼女は俺並みか俺以上に多くの言語に通じているから、通訳絡みとも思えない。

そんな事を考えていると、ガチャリとドアが開いた。

出て来たのはもちろんアンジーで、見た目は三〇代半ばの体の引き締まった女性だ。金色の短髪を後ろに纏《まと》め、キツめのTシャツにミリタリーパンツといかにもな軍人といった出《い》で立《た》ちである。

「ハロー伊織！　久しぶりじゃない！」

俺を見て嬉《うれ》しそうに顔を綻ばせるアンジー。流暢《りゅうちょう》な日本語は流石《さすが》と言ったところか。

「久しぶり、アンジー。いつの間に日本に帰ってたんだ？」

答える俺も自然と表情が緩んでしまう。

彼女には昔から世話になっており、幼い頃にはよく遊んで貰《もら》ったものだ。

最近は海外出張ばかりで会えないことも多いのだが、時々顔を会わせる時間を俺はとても楽しみにしている。

俺自身、彼女を母親のように思っているのかもしれない。実の母が嫌いなのもあるけど。

「昨日の昼ごろよ。三日後にはまた出張なんだけど」

「相変わらず忙しいな。少しくらいゆっくり出来ればいいのに」

「もう慣れちゃったわ。飛び回るのは性に合ってるし」

いつもの世間話を交わす俺とアンジー。

あ、そういえば用事があるって話だったな。すっかり忘れていた。

「ところで、俺に会わせたい人がいるって聞いたんだが？」

少し強引だが、話を本題に持っていく。

夏休み中も炎天下の中、体を動かしまくってたから暑いのはどうということもないが、思い出した以上気になってしまう。

アンジーも、そうだったわという風な表情をして話を切り出した。

「私ね……」

妙に神妙な面持ちに、思わずこちらも身構えて次の言葉を待つ。

「子供が出来ちゃったのよ！」

「What the fuck!!!?」

いやいやいやいやいや！

え、予想の斜め上どころか大気圏突破しちゃうレベルなんですが⁉　確かに前々から子供欲しいって言ってたけども！

ていうか会わせたい人がいるって話じゃなかったのか？　あ、もしかしてお腹《なか》の子ってこと⁉

だが俺の知ってる限り、アンジーには旦那もボーイフレンドもいないはず！

…………もしかして、俺？

こんな場を設けたってことは、まさか俺？　いやいやそんな記憶は無いし俺はまだ花の童貞のはず。へいへい落ち着け俺！　とりあえず……、父親を確認せねばぁ。

取り乱しながらもとりあえず聞くことは聞いておかねばと、冷静を努めつつそのことを尋ねた。

「ごめん、取り乱した。とりあえずおめでとう。ところで、お相手はどんな方？」

まだ表情はヘンテコなままだが、何とか質問は出来た。まあお祝いの言葉は本心だし、そこまで変には受け取られないだろう。

「お相手？　いないわよ？」

せいせいせいせいせい！　子供欲しすぎて想像妊娠しちゃったかいガール？

ほんともう……その……どうしたらええのん⁉

多分この時点で、俺の頭がパンクしている事も、その理由もアンジーには分かっていただろう。

だがそこはアンジー、説明を省いて更に畳み掛けてくる。

「とりあえず上がって。奥の部屋にいるから会って欲しいの」

彼女はもう、ダメかもしれない……。

「アンジー。まさか人形とかを我が子と勘違いして……」

「そうそう！　お人形さんみたいに可愛いんだから！　伊織もすぐに仲良くなれるわ！」

そう言って俺を家に上げるアンジー。とりあえず俺もそれに従う。

彼女はアメリカ人だが、家では靴を脱ぐ。なんとなく日本の文化に合わせたいらしい。

そのために設置してある靴箱のそばに俺も靴を揃《そろ》え、廊下を抜けてリビングへ。

米軍ハウス特有の広々とした間取り、高い天井、日本より色の暗い木材を多用したフローリングなどは、俺の部屋とほぼ同じ光景だ。

リビングにはそれらしいぬいぐるみやポスターは無い。

だとすると……

「こっちよ。使ってなかった部屋をあの子の部屋にしたの」

そう言って、アンジーは別の部屋に続く扉に手招きする。

しゃーない。ここまで来たら受け入れるしかないだろう。

問題は、俺も人形を人間扱いしてアンジーに合わせるか、現実を突きつけるか、だ。

あ、アンジーが早くしろって急《せ》かしてる。ええい！　南無三!!

そう心で叫び、アンジーが開けた扉から中を覗く。

そこには、ベッドの上で膝に顔を埋《うず》める、女の子に見える等身大フィギュアが見えた。

デニムのショートパンツにグレーの半袖Tシャツ。大胆に露出した健康的な生脚。控えめな胸。

光を反射して透き通る様に煌《きら》めく栗色の髪は中程から緩く波打ち、華奢《きゃしゃ》な体の胸あたりまで伸びている。

そして、俺たちが入って来たのに合わせて、その顔が……上がった。

大人びた中にも確かなあどけなさがある、今までで一番……いや、間違いなく生涯で会う一番の美少女だろう。

思わず、見とれてしまう。

人間に見える。どう見ても本物の美少女に見える。

俺もイカれたか？

フリーズしている俺の肩に手を置いて、アンジーが話し出した。

「彼女はクリスティーナ・クルニコワ、あなたと同《おな》い歳《どし》よ。可愛すぎてロシアで引き取って帰ってきちゃった！」

てへぺろ！　っみたいに言い切るアンジー。

なるほど、なるほどね。

うん。よく考えれば分かった事だけど……

「里子ならそうと先に言えぇぇぇぇぇい！」

生涯最高の美少女の前で、生涯最大のツッコミを披露してしまった。

◆

ツッコミを入れた事で少し落ち着いた俺は、改めてクリスティーナを見やる。

気づくと、彼女も不思議そうに、そして少し怯《おび》えたようにこちらを見ていた。

無理もない。急に連れて来られた異国で、訳分からん言語をペラペラ喋《しゃべ》られたら不安にもなるだろう。

それを証明するように、クリスティーナの顔には疲労の色が浮かんでいた。

「はぁ……。後でいろいろと聞かせて貰うからな」

いつまでも放っておく訳にはいかないのでアンジーにそう言い残すと、俺はクリスティーナに歩み寄り話しかける。無論、ロシア語でだ。

『初めまして。俺の名前はイオリ・カガミだ。よろしく、チーナ』

チーナというのは、ロシアで一般的なクリスティーナの愛称だ（アメリカではクリス）。

さらに、できるだけ真剣な表情を心がけ、決して頬を緩めたりしない。

日本人と違いロシア人は基本無表情で、作り笑いは不誠実な表情と受け取られるからだ。その点、仏頂面がデフォの俺は日本人相手より楽に感じる。

俺がロシア語を話したのを聞いて、チーナは心底驚いた様子を示した。といってもあまり表情には表れない。ロシア人は（ｒｙ……

少し戸惑った後、チーナは口を開いた。

「……ヨリ？」

どうやら俺の名前を確認したいみたいだが、まぁそうなるよな。いおりって母音が連続するから、外国人には難しい発音のはずだ。

『まぁ、そうだな。今はヨリで構わない。君とは同い歳だそうだ。日本へようこそ』

気を遣うのは柄じゃないのだが、何となくほうっておけない。無意識のうちに、俺はそう感じていた。

『チーナ。伊織は隣の部屋に住んでて、基地《ここ》で通訳のバイトしながら高校に通ってるの。あなたも同じ高校に通うことになるから、困ったらじゃんじゃん伊織を頼んなさい』

『え、うちの学校来んの？』

そうよ……と、さも当然と言わんばかりのアンジー。

確かにアンジーの立場からすれば、ロシア語を話せる俺のそばにチーナを置いておきたいのは道理だろう。

『でも……三日後にはまた海外って……』

そこでチーナが心配そうに声を上げた。

そういやそんな事を言っていたな。その間、チーナはどうするんだ？

『ごめんね、チーナ。無責任だけれど、さすがにあなたを世界中引きずり回すことは出来ないから、日本にいて貰わないといけないの。ちゃんと学校には通わせてあげたいし……』

そうやって謝るアンジーは、とても辛《つら》そうな表情をしている。

そりゃそうだ。

里子とはいえ、せっかくできた念願の我が子と一緒に居られないのは寂しいし、心も痛むはずだ。

それが分かっていて尚《なお》引き取ったのは、その方がまだこの子の為《ため》になると考えたからだろう。

ロシアの養護施設では、子供が正しく扱われない事もままあるらしい。

アンジーの表情を見てチーナも察したのか、小さくコクリと頷《うなず》く。

小動物みたいで可愛らしい仕草に、少しドキッとしてしまったのは秘密だ。

その時、プルルル！　っとアンジーのスマホが鳴った。

『学校の先生からだわ。ちょっと話してくるから、伊織、チーナをお願いね』

通知を見たアンジーは、そう言って慌ただしくリビングに出て行ってしまい、バタリとドアが閉められる。

残された俺とチーナ。


気まずい！

やべえ何話したらいいか分からん！

言っちゃなんだが、俺はあまり同年代との世間話というのに慣れていない。交流があるのは大体軍の大人たちと、せいぜいその家族のガキんちょたちだけだ。

ましてやこんな美少女と二人きりなんて、ハードル高すぎません？

『ヨリって、ロシア語上手《うま》いんだね』

何を話そうか必死に考えていると、意外にもチーナの方から声がかかった。

いかん、不安だらけで疲弊してる子に気を遣わせてしまったらしい……。

『あ、あぁ、小さい頃から、よく親父《おやじ》に海外旅行に連れてって貰ってたからな。現地で会話が出来るのが嬉しくて、語学もそれなりに勉強した』

俺は慌てて言葉のキャッチボールを返す。

これ以上彼女に負担を掛けるのは何か嫌だ。ほんと、柄じゃないけど。

『その父は、三ヵ月前に事故で死んじまった』

『え……』

チーナが目を開いて驚く。

しまった。うっかり喋り過ぎた。こんな話、同情を誘っているみたいで惨めだ。

『ごめん、今のは忘れてくれ』

『あ、えっと……』

気まずい!!

下手なのか!? 俺は会話が下手くそなのか!?

初対面同士の挨拶なんて何度も通訳してきたはずなのに!!

くそう! 同情なんて要らない! 同情するならコミュ力をくれ!

俺が自分の会話ベタさに絶望していると、再度チーナが声を掛けてきた。

『私も……、ひと月前に、両親が事故で亡くなったの』

自分の膝を抱きしめながら、小柄な体をさらに小さくして、チーナが漏らす。

『そう……だったのか。……つらいな』

そこには、隠しきれない寂しさが漏れ出ていた。

きっとチーナは父にも母にも愛されていたのだろう。母や姉から疎まれている、俺とは違う。

その時、ドアがガチャリと開いてアンジーが帰ってきた。

『聞いて! チーナ、来週には高校に通えるようになるそうよ!』

嬉しそうにはしゃぐ三〇代のおかげで、今まで漂っていた陰鬱な雰囲気は吹っ飛ばされた。

ほんと、とにかく明るいアンジーめ。助かったぞこの野郎!

『さあ二人とも！　今から買い物よ！』

『俺も行くのか？』

『私じゃ日本のハイスクールで必要なものとか分からないもの』

『……分かったよ』

それから三日間は買い物をしたり、チーナに最低限の日本語を教えたりと非常に慌ただしかった。

◆

そして現在。

『おいおいチーナ。どうせこいつらロシア語分かんないだろうけど、ひどい言いようだなぁ』

俺がそうチーナに声をかけた瞬間、全方位から殺意の波動が俺に襲いかかった。

なんでこいつがクリスちゃんに話しかけてんだよ、そんな内容の囁《ささや》きが方々から耳に入る。

それにしてもこいつら、まじで自分らがしてる事分かってないのな。誰もがお前らみたいなコミュ力お化けだと思うなよ。

『ごめんヨリ。日本語分からないって何度も言ってるつもりなんだけど、全然伝わってなくて……』

『あぁ、うん。分かってる。分かってるから落ち着け。こいつらも悪気がある訳じゃないんだ……』

そう、この野次馬どもに悪気がある訳じゃない。

だからといって……

『悪気がないのが、余計に腹立つんだ。これを素でやってんだ。もうボコボコにして分からせるしかない』

許したりしないんですよ？

『待って待って！　それはだめだから！　ヨリが殴ったら死んじゃうから！』

立場が一転、鈴を転がすような声を必死に張って俺を宥《なだ》めるチーナ。

「おい鏡！　クリスちゃんにわけ分かんないこと言ってんじゃねえ。それにチーナって、クリスちゃんの事か？　勝手に気持ち悪いあだ名付けてんじゃねぇよ！」

そんな俺とチーナの会話を、男子の一人が遮ってきた。

その随分と勝手な物言いに、俺の苛立《いらだ》ちが募り始める。

「おい。お前チーナの為だって言いながら、それ全部本人困らせてるんだよ。本当にチーナの為ってんなら、ロシア語を話せ」

なんだと！　っとその男子が声を更に荒らげたその時……

「まあまあ、二人とも落ち着けって」

別の男子生徒……例のイケメンくんが、割って入ってきた。

相変わらず、さりげなさのかけらも無いギンギラギンなオーラを身に纏いつつ、あくまで同じ立場の友達……仲間なんだと言わんばかりの口ぶり。

さすが正義漢。分かってるじゃないか。さぁ、俺じゃ抑えきれないこの暴れ馬共を制しておくれ！

「みんなも落ち着いて。鏡だって悪気がある訳じゃないんだ。鏡もクリスに話しかけたいのは分かるけど、彼女を困らせるのはよくない。転入初日なんだから、ゆっくりさせてあげないと」

……前言撤回。何もわかってないわこの鳥頭。

俺ほぼ同じニュアンスのこと言いましたけども？

だが今その話を持ち出しても状況が悪くなるだけなので、唇を噛《か》み締《し》めてぐっと堪える。

なんとか我慢した俺の口端《くちのは》から、ツーッと血が流れた。

◆

「おらあああああああぁ!!」

ずだあぁん！

体育館に轟音《ごうおん》が響き渡ると同時に、敷かれた競技用畳に大柄な男が叩きつけられる。

広く敷かれた畳の上にいるのは二人一組のペアが三組の計六人。そして畳を囲むようにして見守っているのが十数人。

その全員が、ミリタリーパンツに山葵《わさび》色のシャツという出で立ちだ。

ここは在日米海軍基地内にある訓練用体育館の一つで、現在格闘術の訓練を行っている。

叩きつけられたのは畳の上で組み合っている内の一人で、投げ飛ばしたのは……俺だ。

『おぉ！　いつも以上に気合い入ってるなぁ伊織！』

畳の外から見物している軍人の一人が、愉快そうに英語で声をかけてきた。

『鬱憤が溜《た》まってんだよ』

俺は英語で返しつつ、ペアの男が立ち上がるのに手を貸し、そのまま畳の外へ出て次のペアと交代する。

なぜ俺が軍の訓練に参加しているのか。それはここで通訳の仕事をしていた父が、小さい頃から俺をしょっちゅう連れてきてくれていたからだ。

放っておいたら母が俺に対して辛く当たるのは分かっていたから、家に置いて出たくなかったのだろう。

父の仕事中、俺が見学出来ないような内容の時は軍の人達が訓練の傍ら面倒を見てくれることが多く、次第に俺も訓練に参加させてもらうようになったのだ。

今では、通訳の仕事がない時は毎日訓練に参加している。

もちろん部隊チームワークのシミュレーションなどは流石に見学。主に個人技能のトレーニングや、体作りのプログラムに交ぜてもらうだけだ。

そして何故《なぜ》か訓練の時間も時給を貰っている。

責任者曰《いわ》く、日頃の訓練事情を把握している事や将兵の面々と密にコミュニケーションを取っている事が、通訳時の円滑な情報交換に繋《つな》がるとかなんとか……。

要は、随分と軍の方々に世話になっているのである。

そして俺にとって、軍の訓練に交ざりながら通訳の仕事をするこの毎日がたまらなく楽しい。

それはそれとして、結局今日は一日、休み時間の度に皆がチーナに群がりそれを俺が庇《かば》ってヘイトを集めるという繰り返しだった。

別に全員が俺の事を毛嫌いしている訳ではないし、奴らの理不尽さに心中で閉口してくれている者もいるのだろうが、如何《いかん》せん詩織信者共の影響力もあり俺への風当たりは強い。

別にそれはいつも通りだしもう慣れたつもりだったのだが、今日は何故かやたら腹が立った。

明日が憂鬱だ。

その時、ビー！　っとチャイムがなった。

訓練終了の時間だ。

まだ暴れ足りないが……仕方ない。

全員がやれやれ疲れたといった様子で体育館のシャワールームに向かうその途中、

『伊織。今日もこの後飯食ったらバスケするが、やるか？』

先程俺のペアだった大柄な男……リアムが、俺にそう提案してきた。

これもいつものこと。訓練後のバスケは毎日の楽しみの一つだ。

故に普段なら喜んで参加するのだが、今日は……

『チーナに日本語を教えないといかんから、しばらくは断ることになる。すまん』

断らなければならない。

今日の様子からして、彼女に最低限の日本語を叩き込むのは急務だ。

『アンジーが引き取ったって子か。大変だな。しっかり守ってやれよ！』

『……分かってるさ』

リアムの豪快な激励に返事をしてから、シャワーを浴びてさっさとマンションへ帰る。

鍵を開けてアンジー宅と瓜二つ《うりふた》の廊下を進みリビングに出ると、日本語の教本を取りに寝室に入る。

「え？」

部屋に入ると、にわかに信じられない光景が目に入り思わず驚きの声が漏れてしまった。

「なんでチーナが、俺のベッドで寝てんの」

そこには、なぜか俺のベッドでスヤスヤと寝息を立てる小動物がいた。

……状況を整理しよう。

まずここは俺の部屋。俺のベッドで横を向いて寝ているチーナ。

その手元に一冊の漫画……これは俺の本棚から取ってきたものだろう。


なるほど、謎は解けた！


俺の部屋に来たチーナが、暇すぎて俺の漫画本を手に取って見たものの、当然日本語が読めないわけで、つまんなくなった辺りでそのまま寝落ちしてしまったのだ！

なるほど、納得納得……できるかああああぁい！　なああぁんで俺の部屋にいるんだいガール⁉

ここは間違いなく俺の部屋。そして今朝はちゃんと鍵を掛けて出た記憶がある。

つまり、チーナは俺の家の鍵を持っていてそれで……

ええいもう分からん！　起こして直接問いただそう！

そう思って肩をゆすろうとした刹那、逡巡《しゅんじゅん》。

今俺の目の前にいるのは絶世の美少女。その姫は、俺のベッドで無防備にもすやりんこ。

あれ、これって……チャンス？

それに気づいた瞬間、俺の脳内で天使と悪魔が争い出した。

『だめよ伊織！　いくら行けそうだからって、手を出した瞬間あなたは自分を許せなくなるわ！』

『ヒヒヒ、気にす……』

『さあ伊織！　起こすのよ！　あなたは紳士！』

『すえぜ……』

『お、こ、せ‼　い、お、り‼』

『おい、起きろチーナ』

ゆっさゆっさ。

……俺の理性つっよ！　本能さん発言出来てませんやん。

きっと俺は、据え膳を鼻先に押し付けられても耐えられるのだろう。

セーラー服越しに華奢な肩に触れている今でも、変な所触りたくて手が震えるとか一切無いし。

『うう……ん。あ、ごめん、ヨリ。扇風機勝手に使っちゃって』

『大丈夫。些細《ささい》なこと過ぎて気付かなかった』

確かに天井に設置してある扇風機が回っている。

八月中旬に何も無しじゃあ、確かに暑いもんなぁ。

『じゃなくて！　どうしてチーナが俺の部屋にいんの？』

俺は近くの椅子を引き寄せて座りながら、寝起きでぽけ〜っとしつつ身を起こすチーナに問いかける。

『どうしてって……鍵使って』

『俺の投げた質問をバントで流すな』

答えてるようで答えきれてない微妙な返答。方法は分かったが動機が未だ不明である。

いや、鍵の入手方法も一応分かっていない。予想はつくけど……。

するとチーナは少しずつ目が覚めてきたのか、あっ！　っと気づいたような素振りを見せ説明を再開した。

『えっと、鍵はアンジーが持ってたのを渡されたんだよ。ヨリの部屋の合鍵だ……って』

『緊急時の為に俺が預けといたやつだな』

『それで……』

チーナは続ける。

『用事がなくてもいつでも遊びに行っていいって、アンジーに言われた』

『あー、うん。なるほどね。すげぇ言いそう。言いそうだけど、本当に来るかね……』

ついつい呆れた声が出てしまった。まあ事実呆れているのだが。

『あの、ごめん。勝手に入って。でも……』

俺の反応を見て、元々罪悪感はあったのか、素直に謝るチーナ。

そしてそれには続きがあった。

『でも、怖かったんだ。昨日まではアンジーがいたけど、今日からはそうじゃない。そしたら、もう帰って来ないんじゃないかって、また独りになっちゃうんじゃないかって、怖くなって……』

なるほど。

今日からアンジーはまたしばらく海外。彼女が帰って来ないことが、両親が亡くなった時の事とダブって不安になってしまった……という事だろう。

それは確かに心細いし、誰かにそばにいて欲しいのも分かる。

そして今頼れるのは俺だけ。だからこんな暴挙に出たのだろう。

俺も父が亡くなった時はそのことを考えたくなくて、ぶっ倒れるまで走ってた記憶がある。

色々いっぱいいっぱいだったんだ、今思えば。

『ごめん。ちょっと勘違いしてたよ』

チーナが割とホイホイ騙《だま》される天然さんなんじゃないかと……とまでは言えない。

だがそうでないと分かった今、もう呆れる事は無い。

だがここは……叱らにゃならんとこだろうな。

『でもなチーナ、男ってのはみんな漏れなく獣なんだ。そんな奴の家で勝手に寝てたら、襲われても文句言えなかったんだぞ。俺がたまたまメンタルお化けだっただけで』

『うん……。ごめんなさい』

チーナが膝に顔を埋めて、目だけを出して謝る。反省しているんだろう。

チーナは基本表情豊かな方ではないが、ここ数日の付き合いで、細かな仕草や表情の変化から何となく考えていることが分かるようになってきた。

もう、お説教はこれでいいだろ。

『分かったならいいさ。だから……』

ここまで言ってから俺は天井を仰いだ。

ここからは、恥ずかしすぎて顔を見せられない。

『だから、許可……するからさ。これからは、いつでも勝手に来ていいぞ』

『え、いいの？』

驚きに顔を上げて、口を半開きにするチーナ。そんな間抜け顔も、美少女なら加点になる不思議。

『まぁ見られて困るような物は置いてないし、その、なんだ……』

あぁ、恥っずぃ。

『俺もまぁ、家に独りなのは、気が滅入《めい》らないでもないから……さ』

かあああぁ。今俺絶対顔真っ赤だわ。

間違いなく過去一でやばいこと言ってる。

『そっか……』

上を向いているからチーナの事は見えないが、何となく声音で嬉しそうなのが分かった。

俺はなんとか普段の真顔に戻しつつ、顔を下げて彼女を見る……。

そこには、笑顔を浮かべた美少女がいた。

といっても、少し口角を上げている程度の微笑。

それだけ、たったそれだけなのに……可愛い。

『じゃあ、いつでも来るね』

笑顔とその言葉の破壊力に、俺はもう……心中めちゃくちゃだった。

◆

翌日。朝五時半に起床。

基地内にある浜辺で日課のビーチランニングをこなした後、家に帰ってシャワーを浴びる。

着替えながらトーストを焼きコーヒーを入れて朝食を摂《と》り始め、この時点で六時四五分。

いつも通りの時間、いつも通りのルーティン。

ただ、今日はいつもと大きく違うことがあった。

それは、俺がトーストの角を一口かじって、コーヒーを口に含んだ直後。

ガチャリ。

ドアが開く音がして、リビングにチーナが入ってきたことだ。

『ヨリ。おはよう』

『ぶっ！』

つぶねぇぇ！　コーヒー吹き出すとこだった！

だっていきなりなんだもの！　確かにいつでも来ていいって言ったけどさ！

『ごほっ！　ごほっ！　お、おはようチーナ。早いな』

『大丈夫？　ごめん、急に来ちゃって』

『いや、いきなりでびっくりしただけだから大丈夫だ。俺が来ていいって言ったんだから、堂々と来てくれていい』

呼吸を落ち着け、改めてチーナを見やる。

学校指定の白地に紺のセーラー服。今は夏だから半袖だ。

日本人が着るセーラー服と、色の薄い肌のチーナが着るそれとでは、随分と趣が違う。

セーラー発祥地がヨーロッパだったからか知らないが、服自体が正しい人に着られてる感がある。

ただ単にチーナが美少女で、なんでも似合ってしまうだけかもしれないが。

『ところで、朝飯はちゃんと食ったのか？』

俺はトーストを頬張りながら問いかける。

チーナはテーブルの俺の向かいに腰掛けながら、

『食べてない。食欲なくて……』

と、少し照れるように答えた。チーナは少し夏バテ気味である。

無理もない。ロシアのそこそこ寒いところから来た彼女にとって、日本の高温多湿な環境はかなり辛いだろう。

昨日あの後も食欲が無いと言っていたのだが、うどんを冷やしぶっかけにして作ってやったら、物珍しさでなんだかんだ食べていた。

だからまぁ、今日の朝食を抜いた程度ですぐにどうこうなるとは思わないが、やはり少し心配になる。

俺は席を立って、食べきりサイズのカップヨーグルトとスプーンを取ってきた。

『とりあえず、これだけでも食べとけ』

◆

家を出て、現在登校中。
何となく一緒に行く流れになったので、普段のバイク通学は諦めバスでの登校だ。
そのバスの中で、隣に座り窓の外を眺めていたチーナが不意に口を開いた。
『そういえば、昨日はありがとね』
『ん？　なに？』
無言でスマホをいじっていた俺は手を止め、チーナを見やる。

あ、顔ちっか！

俺は無言で目を逸《そ》らす。
『な、なにが？』
俺は肘掛けに肘を付いて、誤魔化すように問い直した。
前から思ってたけど、俺ってウブ過ぎないか？
『昨日学校で、ずっと守ってくれてたでしょ？　私が囲まれてる時』
なんだ、その事か。守ってくれるなんて痛い言葉、よく真顔で使うなぁ。俺は無理。
『ヘイト集めてただけだよ。それ自体はいつものことだ』
対する俺は照れ隠し。それを聞いたチーナは……
『伊織、嫌われてるの？』

スキル、急所突き。

心配するような視線を感じる。痛いからやめて？

『……俺を本当に嫌ってるのは、一部の奴らだけだから、気にすんな』

そして俺は、半ば自分に言い聞かせるようにそう返した。

まあ、いくら言葉分かんなくっても、昨日の雰囲気から察するよなぁ。

その時学校近くのバス停に着いたので下車し、そこでチーナとは一旦別れた。

そのまま職員室に寄り、担任の橘先生とチーナについて少し話し合ってから、教室に向かう。

　いつまでもあんな調子では、いつか誰かをぶち転がしてしまうかもしれない。俺魔族じゃないけど。

　にしてもチーナと一緒に登校している所をなるべく見られたくなかったから先に行かせたが、やっぱり彼女も職員室に連れていくべきだったかもしれない。

　教室に放置して、面倒な事になっていないといいが……。

　自分の教室に近づくにつれ、毎朝恒例にっこにこ世間話超会議の喧騒《けんそう》が聞こえてくる。

　そして俺のクラスは、いつも以上に騒がしい気がした。

　嫌な予感がする。

　急いで後ろの引き戸を開け、教室に一歩踏み出す。

　すると一際大きな声ではしゃぐ男子生徒の声が耳に響いた。

「それじゃ、クリスも参加ってことで、けってーーい！」

うっわぁ。これめんどいやつぅ〜。

とにかく状況を把握しないといけないが、チーナ本人に聞いても分からんだろう。

現に頭に疑問符浮かべてブンブン振り回してるし。

となると、話の出来るやつは……

「おい総司《そうじ》、これどういう状況だ？」

教室の右後ろ。入口のすぐ近くの席に座る目つきの鋭いヤンキー然とした長身の男子生徒……清水《しみず》総司に、俺は現在の状況に至ったいきさつを尋ねた。

総司は見た目ヤンキーだし実際態度も粗暴であるが、素行自体は割と普通。

おまけに顔がいい。

例のイケメンくんとはまた違った怖メンとして女子から密《ひそ》かに人気があり、詩織と釣り合うのは学年でもこの二人ぐらいなんじゃないかと噂《うわさ》になっていたりもする。

そして、俺の数少ない友人……もとい悪友である。

「あぁ、クルニコワのことか。全部聞いてた訳じゃないが……」

頬杖《ほおづえ》をつきながら、興味無さそうに総司は答える。

「どうにもクラスのミーハー共が、クルニコワ歓迎会と称して週末海水浴に行こうって話してるらしい」

「うっわ。きもっ」

「全くの同感だな。あんな下心丸出しの提案、まともな神経してたら出来ねえよ」

げんなりした顔で話す俺と総司。こういうとこ、こいつは俺と似ていて話しやすい。

にしても、海水浴ねぇ。

チーナが誘いの内容を理解しているとも思えない。

おそらく彼女があたふたして、行くとも行かないとも言っていない発言を超曲解して参加の意思を捏造《ねつぞう》したのだろう。

難儀だ……と俺が頭を抱えていると、

「にしてもお前、随分とクルニコワに肩入れしてるじゃないか。別に悪いことじゃないが、らしくないな」

総司がニヤニヤ顔で冷やかしてきた。

ほんっと、性格悪いなこいつ。

「俺もそう思うよ」

そう返したタイミングで先生が教室に入って来たので、俺を含むクラス全員が席に戻る。

廊下に出ていく生徒も何人かいた。他クラスからわざわざ来たのだろうか。

『ヨリ、あの……』

俺が席に着くとチーナが声をかけてきた。

先程の事を相談したいのだろうが、もうすぐ朝のホームルームが始まってしまう。

『だいたい状況は把握してる。後でまた話を聞くよ』

『うん。分かった』

それを聞いて、チーナの表情から不安の色が少し消えた気がした。

「それでは、ホームルームを始めます。まず、昨日言い忘れたことなんですが……」

始まった。

先程俺が職員室に寄って来たのはこの時のため。

今後の俺の立場を分かり易《やす》く示すために、俺は少しテコ入れしてきた。

「クルニコワさんが、インターナショナルスクールではなくこの学校に転入してきたのは、鏡くんがいるからなんです」

ざわざわ。

「……はぁ?」

「どういう事なの！」

「まさか、俺じゃなくて鏡の妹……」

それを聞いて分かりやすく動揺するクラスメート達。

この話に関しては俺のテコ入れは関係ない。本当に先生が昨日話し忘れてただけだ。

「静かに！　クルニコワさんと鏡くんはもともとお友達で、親御さんからも、是非ロシア語の話せる鏡くんにサポートして欲しいとの事です」

ざわざわ……ざわざわ……。

鏡とクリスちゃんがもともと知り合いだってぇ？　みたいな雰囲気がクラスに充満する。

そんな中、ガタッ！　っと勢いよく立ち上がった男子生徒が一人。そいつは立ち上がると同時に、勢いよく発言を始めた。

「先生！　実は俺もロシア語話せます！　だから俺がクリスをサポートするので、鏡に頼る必要はありません！」

……来た！　予想通りだ。ってかあいつ、昨日チーナにロシア語もどきで話しかけてた奴だな。

一夜漬け程度の知識で俺をお払い箱にしようとする輩が、きっと現れると思っていたよ。

そのための根回しだ。

その幻想をぶち○す！　頼むぜイ○ジンブレイカー（先生）！

「佐々木《ささき》くんは、ロシア語を話せると言うんですね？　知らなかったです。なら、そうですね……ではクルニコワさんに、ロシア語で『右手を上げて』と伝えてもらえますか？　ジェスチャー無しで」

「えっ……」

一瞬のうちに絶望に染まる佐々木。

そう、これが俺のテコ入れ。

題して、「僕と契約して、通訳少年になってよ！」作戦だ。

さぁ！　さっさと円環の理に導かれるがいい！

「ええっと、ここで、ですか？」

「そうです。あなたが鏡くんを必要ないというのなら、それなりの根拠を示して貰わないと色んな人に迷惑をかけてしまうのですよ？」

尻込みする佐々木（今初めて名前知った）に、ド正論で攻める先生。さすがです。

さぁどうする佐々木？　断れば敗北を認め、似非ロシア語を話せば笑いものだ。

みんなが見守る中、佐々木がチーナの方を向いた。

どうやら、ワンチャン摑《つか》みに行くようだ。

「えぇっと、スパスィバ、クリス」

『？』←クリスティーナ

沈黙。


「ぷふっ！」

耐えきれなくなって吹き出したのは総司。いや、わざとだな。流石だぜ相棒。

人のメンタルを傷つけるのに関しては天才的だな！

佐々木のやつは、かあぁぁって効果音が聞こえそうなほど真っ赤になっている。

ならばここは、俺も動くタイミングだ。

『チーナ。悪いんだけど、右手上げてくれないか。大事な事なんだ』

『え、こう？』

俺がわざと大声でみんなに聞こえるように言うと、チーナはキョトンとしながらも右手をぴょこんと上げてくれた。

ドヤァ。

『え、なに？　どゆこと？』

『大丈夫大丈夫。後で説明するからもう下ろしていいよ』

チーナがクエスチョンマークまみれになって聞いてくるので、俺はわざと仲良さげに話して見せびらかす。

佐々木が悔しそうに……座った。

気持ちいいいいぃ！

今までの事を許す訳じゃないが少し気分が良くなった。今日一日頑張れそうだ。

「佐々木くん。クルニコワさんの為にロシア語を学ぶ事はとてもいい事です。国際交流の醍醐味《だいごみ》の一つですしね。クルニコワさんの勉強や生活の為には、きちんと通訳できる人が必要という話です。あなたが勉強してクルニコワさんとお話ししたいという気持ちを、否定するわけではないことは分かってくださいね」

先生がきっちりフォローを入れていく。まぁその通りだろう。

俺以外もコミュニケーションが取れるようになれば、その分、誤解《拡大解釈》も生まれにくくなる……はずだ。

といっても、奴らがロシア語を話せるようになるより、チーナが日本語を理解する方が早いだろう。

何日かチーナに教えていて分かった事だが、彼女はかなり頭がいい。

飲み込みが早いし、数学とかあまり言語の関係ない科目ならすらすらと解いていた。

思ったより早く、俺の負担は減るかもしれないな。

「とりあえずそういう事なので、皆さんクルニコワさんに伝えたい事がある時は、鏡くんを通すようにして下さい。それと、授業中にも彼がクルニコワさんに同時通訳することがあると思うので、そこも理解しておいて下さい。鏡くん、お願いしますね？」

きっちり俺の要求に応えてくれた先生。

これで今後、俺の立場がある程度ハッキリしてやりやすくなることだろう。

「もちろんです先生。……ありがとうございました」

二章　海水浴

一限目はそのまま橘《たちばな》先生の古典の授業。チーナにとってはもちろん無理ゲー。

そのため、先生がチーナに特別に頻出単語（現代語）のプリントを作ってくれていたようで、今彼女はその問題と奮闘している。

チラッと見てみると、日常でよく使う単語の横にロシア語で対応する単語が書いてあった。

すごく丁寧に作ってある。結構手間がかかっただろう。

ただやはり翻訳アプリに頼ったらしく、ところどころ若干意味合いの違う語句が対応させられてたりするので、授業の合間に見つけたところは指摘してやる。

そんなこんなで授業が終わり、一〇分休憩。

『ねぇヨリ、ここ教えて』

その途端、チーナが俺の席に自分の机を寄せ、色々と聞いてくる。

いくら許可を貰《もら》ったとはいえ、やはり授業中では遠慮があったのだろう。

特に日本の授業は、生徒の活気が他国に比べて低いと言われている。要は静かなのだ。

そんな雰囲気では俺に尋ね難《にく》いだろう。

そして、理由はおそらくもうひとつ。

「ねぇねぇクリスちゃ……あ」

「週末の話なんだけど……あ」

そう、休み時間の度に訪れる来賓の方々避けだ。

真剣に勉強してる中、さすがに邪魔をしてくる奴《やつ》はいないだろう。

「これで勝ったと思うなよおおお！」

っという心の声と共に敗走する外野ども。ドンマイ。

そして何より、勉強してるフリをしてればロシア語で世間話してても……バレない！

『結局、週末の話。チーナはどこまで理解してるんだ？』

先程の約束通り、チーナに話を振る。

まずは彼女がどこまで把握しているか……だ。

『えっと、こんなもの渡されたんだけど』

そう言って、チーナは一枚のメモ用紙をこっそり俺に見せてきた。

そこに書いてあったのは、手書きのロシア語による文章。

無論、翻訳アプリ頼りのへっぽこクオリティで理解するのに難儀したが、要約するとこう。

『今週日曜日に、クラスのメンバーでクリスちゃん歓迎海水浴をします！　水着、日焼け止め等用意しといて下さい！　現地でかかる費用は僕らが負担します！』

っとまぁ後は集合場所とか時間とか。

にしても相手に拒否する選択肢を用意してないこの文面。母国語じゃなくても、人間性って文に表れるんだなぁ。

『なるほど。じゃあチーナはなんだかんだ理解してるわけだ』

『うん。それで、「外は暑いから辛《つら》い」って日本語で言ったつもりだったんだけど、なんだっけ、「暑いカラコソウミ」?っとか誰かが言って、急に盛り上がられちゃって』

なるほど。暑いからこそ海に行こうぜってか。

チーナはロシアでもそこそこ寒いところから来たので、海とか関係なく暑さは辛い。

そんなことも考えずに無理矢理誘った訳か。クソ野郎共め。

『それで、結局チーナは行きたいのか?』

とはいえ、俺は彼女の保護者でも何でもない。

最終的な決定権はチーナにある訳で、彼女が行きたいのに俺が勝手にふざけんなと断りを入れるのはお門違いだ。

だから本人の意思をしっかり確認しておく必要がある。

『その……よく考えたら、ビーチで泳ぐっていう体験はしたことないから、さっきは断ろうとしたけど、今は少し興味があるかな。けどよく分からない人達と行くのは不安だし……』

おっと、予想外に乗り気だ。確認しといて良かった。

確かにロシアだと、ウラジオストクか黒海沿岸くらいしか海水浴は出来ないと聞いたことがある。海水浴の経験が無いのも当然だろう。
そして、チーナは話を続けた。
『だから、ヨリも一緒に来てくれるなら……行ってみたいかな』
そうなるか……。
まぁチーナ一人で行かせる訳にもいかないし、行くなとも言いたくない。
この季節はクラゲも出始めているかもしれないしな。
正直俺は訓練で死ぬほど海で泳いでいるから、今更面白くも何ともないのだが。
しゃーない、ついてってやるかな。俺には声かかってないけど！
『分かった。ただ、暑さ対策はきっちりしろよ』
そう伝えると、チーナは少し嬉《うれ》しそうに口角を上げた。
『うん、ありがとう。それと水着買うのも……手伝って欲しい』
『分かってるって……なんだって？』

直後、爆弾を投下してきた。

『買い物を、手伝って欲しい。ショッピングモールの行き方とか分からないし』
『あぁ。買い物な、買い物。了解了解』
『特に水着ね』

『ぬ――んんんんん』

まあ水着は必要だもんねええぇ。

『はぁ。じゃあ土曜日な』

『うん。よろしく』

そう約束してから、また膝を突き合わせて勉強に戻った。

二日目にして、そこそこ立ち回り方が分かってきた気がする。

昼休みは多少絡まれたが、今日の学校生活は昨日に比べいささか過ごしやすかった。

◆

学校が終わり、バイトの時間。

今日は事務と将校の方々間の通訳を小一時間やった後、水中脱出の訓練に参加する。

水陸両用車が沈んだり、ヘリが墜落して水没してしまった際に脱出する訓練だ。

吊《つ》り下《さ》げられた機体の模型内に座り、それを水中に沈め、そこから脱出する。

特殊部隊だと、潜水艦レベルの水深から呼吸機材無しで水上を目指す訓練とかもするらしい。

今俺がやってるやつでも慌てると普通にアウトな訓練なのに、人間やめてるわその部隊。

などと考えていると、座っていた椅子の下から水が入ってきてみるみる首まで浸《つ》かっていく。

あ、やべ。訓練始まった。

とりあえず肺に空気を送って、溜める。頭まで水が浸かったら行動開始。

ベルトなど体を固定しているものを外し、次は近くの小窓を取り外す。ドアは水圧や変形などによって水中では開かないか、相当開きにくい。

数秒の勝負の中、そんな不確かな方法は論外だ。

脱出口を確保したら、一人ずつ外へ出て浮上。

「ぷはっ！」

今回も何事もなく脱出に成功。

最初の頃は酸素ボンベを装備したり、もっと簡単な模型を使ったりしていたのだが、俺も成長したものだ。

技術の向上に満足しつつ、次のグループに交代するために泳いでプールサイドに向かう。

ちなみに数十キロある戦闘服を着たままだ。もはや着衣泳なんて日常茶飯事である。

プールから上がると、次のグループを見学するためにサイドに腰掛ける。

『そういえば伊織《いおり》、クリスティーナはどんな感じだ？』

そこで、同じグループだったリアムが隣に腰掛け尋ねてきた。

相変わらずの筋肉ダルマだなぁ。

『日曜に、クラスの連中と海水浴に行くんだとさ。俺も同行するけど。あと、前日はそれ

『なるほど、買い物か。そういや、なんだかんだで初デートなんじゃないか？　おまえら』

そう言われて、一瞬フリーズした。

え、これってデートになるんですかい？

確かによく考えたら、休日に男女が二人で買い物ってデート……かも。

いやいやいやいや！　これからも必需品の買い物等で、二人で出かける事はままあるはずだ。いちいちデートなんて言って緊張していられるか！

『違うだろ。ただの買い物だよ。買い物』

そう。これが結論。これでいいのだ。

『はぁ……。お前本当そういうとこ固いよなぁ』

なんか呆《あき》れられたんだが。

◆

そんなこんなで迎えた土曜日。チーナと水着を買いに行く日だ。

いつも通り朝五時半に起きて、ビーチランニング。

その後、約束までまだ時間があるため娯楽用体育館に行き、バスケをしている軍人グループに交ざって小一時間汗を流す。

最近はチーナにかかりきりでバイト後に遊べていなかったため、久しぶりにはしゃいでしまった。

その後帰ってシャワーを浴び、着替えて朝食を摂《と》る。

今日は黒のスキニージーンズに白無地の半袖Tシャツ、それとネックレスという服装だ。

丸みを帯びた二枚のステンレスプレートが通してあるこれは、誕生日に軍の人達がくれたもので、彼らも付けている本物のドッグタグである。

「伊織は体つきがいいから、シンプルな服が似合うわね」

っと以前アンジーに言われてから、こういった服をよく着ている。

ファッションの事はよく分からないから、正直手抜きだ。

そして朝食を食べ終わった頃に、

ガチャッ

っと扉を開け、チーナが入ってきた。

もうすっかり合鍵を使いこなしている様子に、嬉しいやらこそばゆいやら。何だか不思議だ。

時刻は午前一〇時前。

『おはようヨリ。今日も運動してたの？』

『おはよう。まぁどうせ目が覚めるからな』

朝の挨拶も慣れたものだ。

今日のチーナは少し大きめの抹茶色のTシャツを着ており、その下から僅かにデニムのショートパンツが覗《のぞ》いている。

肩と脇下にボディバッグを回しており、総じてシンプルで動きやすそうな服装だ。といっても、めちゃくちゃ似合ってて可愛《かわい》い。

だが俺には一つ、気になることがあった。

『なんでメット持ってきてんの？』

そう。チーナは何故《なぜ》か、白地に黒のラインが入ったジェッペルを小脇に抱えていた。

『だって、バイクに乗るのにヘルメット必要でしょ？』

さも当然とばかりに言い切るチーナ。

確かに交通手段については何も相談していなかったが、そもそも採れる選択肢は限られている。だからてっきりバスだと思っていたが……。

『バイクで行くったってチーナ、肝心のバイク持ってんの？』

そう、チーナはバイクを持っていない。少なくとも、そう思っていた。

ただこうしてチーナがメットを持ってきた以上、実は乗れる状態にあるのかもしれない。

『いや、持ってないよ？　免許もないし』

ですよねえ。

たとえロシアで免許取ってたとしてもこっちでは役に立たないし、こっちに来てからの短い期間で取得するのは現実的に無理だ。

となると、残る可能性は……

『まさか、俺とタンデムするつもりだったのか？』

『そうだよ？』

まじか。

確かに可能といえば可能ではある。

でも、まずいだろう。

『おいおい。前にも言ったけど、男は皆獣なんだから……』

『ヨリは違うよ？』

『なんでやねん』

なぜか即行で否定が飛んできた。

信頼されているのは素直に嬉しいし、決してチーナのパーソナルエリアがゼロって訳でもない。

学校では、ニヤニヤと愛想笑いして近づいてくる男子からは必ず一定距離を保っているし、生理的に不快だとも言っていた。

俺なら別にいいという評価を貰っているということではあるのだろう。なんだか照れる。

それに実際問題、ショッピングモールまではいくつかバスを乗り継がなければいけないため、正直面倒臭いというのはあった。

まあチーナがいいと言うなら、俺が耐えればいいだけだ。

何とかなるか、うん。

『はぁ、分かったよ。バイクで行こう』

『オーケー！　じゃあ早く行こう！』

俺が許可した途端、チーナが急《せ》かしてきた。いつもより声が明るい。

『今日はテンション高いな。どうした？』

『だって、バイク乗ってみたかったんだもん。ほらこのヘルメットだって、アンジーが使ってないからって、くれたんだぁ』

でたなアンジー、下世話な真似《まね》を……。俺そんなヘルメット見た覚えないぞ。

それにメットが必要になる状況なんて、こんな状況しかない。

しゃーないなぁと軽くため息をつきながら、俺もボディバッグを取り付けてバイクの鍵を手に取る。

軽装だと危ないため薄手のジャケットだけチーナに着させた後、部屋を出てエレベーターを下り、外の駐車場へ。

深いグリーンの迷彩が施された俺のバイクに跨《またが》ると、メットをかぶったチーナが助けを求めてきた。

『ヨリ、足が……乗れない……』

すっごいもたもたしてた。足が届いていない。

まあチーナは小柄だし、乗りにくいのは当然か。

『まず、そこに足乗せてから、ほら』

俺の手を借りながら、何とか後ろに跨るチーナ。

そしてそのまま、俺の腰に手を回してくる。

――――！

とたん、俺のハートのＢＰＭが跳ね上がった。数分間潜水した後空気を吸った時くらいにバクバクしている。

背中から伝わってくるほのかな体温や、控えめながら確かに柔らかい感触。

頭が沸きそうだ。このまま運転したらまずい。

深く数回深呼吸をし、その後はできるだけ一定の呼吸を心がけて……よし。

上手《うま》く意識が背中から呼吸に移って、落ち着いた。

『それじゃ、出発するぞ』

『オーケー！』

エンジンを吹かして駐車場を後にし、道路に出る。

すると走り出して予想外に揺れたのか、チーナが腕の力を強めてさらに密着してきた。

事故りそう!! 死にそう!!

頑張れ俺!! 頑張れ！！！

◆

「ついた……」

なんとかショッピングモールに到着。

途中から若干慣れたものの、やはり精神衛生上よくない。

なんだかどっと疲れた。ひとまずゆっくりしたいところだ。

『楽しかったぁ。バイクっていいね、ヨリ』

バイクから降りても、少しはしゃいでいるチーナ。

あれ、少し顔が赤いような気がする。あ、目が合った……そらされた。

よく分からん。まあいいや。

『とりあえず中に入ろう。今日も暑いし、少し休憩しようか』

『そうだね』

炎天下のツーリングで彼女が体調を崩しては、海水浴どころではない。

俺たちはひとまず、モール内の喫茶店で冷たい飲み物を注文して一休みする。

コーヒーを飲みながら俺はふとある事に思い至り、オレンジジュースのストローに口を付けるチーナに話しかけた。

『なあチーナ。学校の男子がチークキスとかハグをしようって提案してきても、やらない方がいいからな』

「チークキス」……それは、お互いの頬と頬を擦《こす》り付《つ》ける、ハグと同様ロシアで用いられる挨拶だ。

あくまで頬と頬でキスするだけであり、ちゅっ！　って音は音だけ鳴らしてる所謂《いわゆる》エアキス。

頬に唇でキスする人もいるが、恋仲レベルｏｒ孫が可愛いシニアが大半だ。

どちらにしても、お互いの肌が触れ合う行為である。

『うん。日本にはない文化だって聞いたから、もともとそのつもりではあったんだけど、どうして？』

不思議そうに小首を傾《かし》げるチーナに、俺は説明する。

『日本では他の国と比べて、異性と触れ合う機会が圧倒的に少ない。気軽に触れ合えるのは恋仲の男女くらいで、基本ハードルが高くなってる。だから男が女に触れようとする行為は下心を含むもので、いろんな大義名分こさえてそれを実行しようとするんだよ。それにチークキスのやり方知らない奴が、唇当ててくるかもしれないしな』

少し長くなった説明を、頷《うなず》きながら真面目に聞いてくれるチーナ。

話しやすい。詩織《しおり》信者共に、爪の垢《あか》を煎じて飲ませてやりたいくらいだ。

俺の説明を聞き終えて、再度チーナがコクリと頷く。

『確かに、少しわかる気がする。クラスの男子の目……少し気持ち悪い感じがしたし、笑顔も嘘《うそ》くさくてなんだか信用出来ない』

『ま、日本では信用を得るための作り笑いなんだけどな』

とりあえず、チーナの返答を聞いて安心した。

今後、半端にロシアの文化を調べた男子共がそのような提案をしてくる可能性は大いに有りうる。

特に佐々木《ささき》。あいつは怪しい。

それから、今日のスケジュールを少し相談し合ってから、買い物を始めるために喫茶店を出て移動する。

休日ということもあって人の多い通路を、目的の店を探しながら歩く。


にしても……目立つな。


すれ違う人のほとんどが、こっちを見てくる。厳密にはチーナを、だが。

彼女も視線を感じ取ったのか、若干俺の後ろに隠れるように歩き始めた。

あ、チャラ男三人組がこっち指さしてる。

これは、警戒しといた方がいいかもな。

『はぐれるなよチーナ。日本人のナンパはしつこいぞ』

『目立ってるのはヨリじゃないの？』

なわけあるかい。

『ばーか。チーナが美人だから目立ってるに決まってるだろ。ちゃんと自分で警戒しとけ』

『…………』

あれ、なんか静かになった。

まぁいいか。店を探そう。

そう思った時、

『あの、ありがと。ヨリも……男らしくてカッコイイよ』

『は？』

なんか急に褒められた。

ロシア人女性って、男性から一方的に褒めちぎられるだけで、女性側から褒める事は滅多に無いって思っていたんだが、偏見だったのだろうか。

きっとそうだ。

『俺なんて、まだまだだよ。ほら、着いたぞ』

若干照れているのを誤魔化しつつ、目的の店に着いたことで話題を逸《そ》らす。

着いたのはもちろん服屋。

目的は水着。

今の季節、海水浴シーズンギリギリということもあってか、特設の水着コーナーにはチラホラとセールの札が見て取れる。

『さぁ、好きな水着買ってこい。俺も自分の探すから』

俺も訓練用の海パンしか持っていないから、新しいものを買っておかなければならない。だからここからは別行動……のつもりだったのだが……

『え……私日本の流行《はや》りとか分からないし、一緒に選んでよ』

『俺が分かると思ってんのか⁉』

ベリーハードなミッションを依頼された。

いやいやいやいや、さすがに無理でしょう。

女子の水着選ぶとか、カップルでもハードル高いんじゃないか？

『ヨリが「俺と一緒にいろ」って言ったんじゃない』

『そんな情熱的な事言った記憶ねぇよ⁉　はぐれるなって、それだけだろ』

勘弁してくださいよお！

『大丈夫だ！　さすがに女性水着のコーナーでナンパなんて、成功率低いからまずしてこない！　安心して行ってこい！』

『日本語読めないから！　タグとか注意書き読んで貰わないと分からない！』

なぜか異様に頑《かたく》ななチーナ。

遂《つい》に俺の手首を掴《つか》んで軽く引っ張り始めた。

チーナって、意外と頑固なのか？　とにかく、このままではまずい。

「やーだあの彼氏、あんなに可愛い彼女困らせちゃってぇ！」

みたいな事を近くのおばちゃん達が言っている。

てかおばちゃん、その持ってる水着自分用ですかい⁉　大丈夫なのそのデザイン⁉

じゃなくってぇ！　もー、しゃーない！

『わかった！　わかったから引っ張るな！』

これ以上目立つことと水着選びに付き合うことを天秤《てんびん》に掛けた上で、泣く泣く後者を選択。

仕方なくチーナについてレディース水着コーナーへ。

ビキニを着たマネキンや、ラックにずらりと並べられたレディース水着達。

はい、ＳＡＮチェックです。これはパニック待ったなし。

あれですかね、恐怖症で逃げ出すとかでお願いします。

『どれがいいと思う？　例えば……これとこれだと、どっちがいい？』

そう言って、水着がかかったハンガーを両手に持って見せてくる。

片方はフリルのついた水色のビキニ。もう片方は、ビキニの上に白Ｔシャツとデニム風のホットパンツを着用するタイプだ。

俺に相談されてもなぁ……。

正直、海水浴自体は基地内の海岸で毎年見かけるが、あくまで軍人かその家族……いずれにしても、アメリカ人が楽しんでいるだけ。

故に日本人女性の流行りなんて全くわからん。

こういう時、慣れてる陽キャの方々はどうしてるんだろうか。

そもそも水着に流行とかあるのか？　周りに合わせて毎年毎年買い直すとか、あります？

うーん、知らん。全くわからん。

『だから、俺にも流行はわからないんだって。というか、両方めちゃくちゃ似合うと思うんだが』

チーナが着て似合わない水着って、ウェットスーツくらいなんじゃないか？

いや、ウェットスーツでも似合うな。最強かよ。

『え〜。ヨリはどっちがいいの？』

『俺の意見なんて聞いてどうすんだよ』

僅かに頬をぷ〜っと膨らませて苦言を呈してくる。

可愛いかよ。リスか？

『ヨリは、どっちがいい？』

ぐいっと二つの水着を突き出してくるチーナ。

意地でも俺の意見を聞く気のようだ。

はぁ……少しでも日本人の意見が欲しいってことか？

勘弁してくださいよおぉ。

選ぶまで引き下がってくれそうにないので、仕方なく二つの水着を見比べる。

『ったく。そうだなぁ……こっちとか？』

俺が指さしたのは、Tシャツタイプの方。

チーナはお世辞にも胸がふくよかとは言えないから、こっちの方が似合うかもしれない。

それに、あまり肌を出して欲しくない。男共の劣情を刺激するし、少しでも肌を隠した方が熱中症対策になる。

そして少し……ほんとちょびっとだけ、俺の好みが入っている。

どのくらい少しかっていうと、筋肉注射くらい？　あ、これ魔力の強さだわ。

『そっか……。じゃあ、試着してみるね』

『じゃあ、俺は店の外で待ってるか……』

『何言ってるの？　試着室の近くで待ってて』

ぐっ……。

待っている間、女性水着コーナーで男一人という世界一アウェイな時空を耐え抜き、ついに試着室のカーテンが開かれた。

『どうかな？』

『‼』

少しはにかみながら後ろに腕を組む、水着姿のチーナ。

似合っていないはずが……無い。

流行じゃないとか、人気の水着じゃないとか関係なく、否定される余地の無い可憐《かれん》さ。

『………似合ってる』

思わず素直な感想が漏れる。いつもの俺なら、もう少し回りくどく褒めるだろうが、今回ばかりは勝手に言葉が出てきた。

アホみたいな顔して言っていないか不安になる。

チーナの水着姿が、これ程の破壊力になるとは……。

あれ、何故にチーナまで顔赤くなってる？

『そっか。じゃあ、これはキープで』

あ、カーテン閉められた。ていうかまだ終わらないんですね……。

多少げんなりしつつ、その後も他の店も含めしばらく水着を見て回りながらいくつか試着もして、結局、先程俺が選んだやつを購入なさった。


はぁ、身が持たん……。

◆

時刻は昼過ぎになっていたので、モール内のファミレスで昼食を済ませ、買い物の続きをする。

ちなみに俺の水着は、あの後五秒で選んだ。一応試着もしたが、なぜかチーナがほぇーってなってて意見が得られなかった。

まあ何着ても変わらんだろ。

水着は済んだが、日焼け止め、ラッシュガード等々明日必要な物や、日用品や参考書など、買わなければならない物は山ほどある。

俺のバイクは軍用だから、多少大荷物になってもノープロ。

むしろ、なるべく一回で済ませたいから入念に見て回る。

そうしているとすっかり遅くなってしまい、もはや晩飯を食って帰らねばという時間帯だ。

腹減った。疲れて腹減った。

体力的には問題無いはずなのに、なんだこの消費カロリー。女の子の買い物は大変って、世界共通だったんですね。

とにかくガッツリ晩飯を食いたい。

『なぁチーナ。晩飯なんだが、ビュッフェ形式の店にしないか？　少し高くなるけど、金は俺が出すからさ』

『え、いいよ自分で出すよ。むしろ今日一日付き合わせたんだから、ヨリの分も……』

『いいんだよ。その方が俺も気持ちよく食える』

『そういうことなら……』

ちなみにチーナは両親の資産をある程度相続しており、その管理は彼女自身に委ねられている。

なるべく使わないようにと注意しつつアンジーが管理しないのは、お金目的で引き取ったのだと思われたくないからだろう。

そのうえで、娯楽費も含め十分な生活費をチーナに渡しているようだ。

ほんとうに、毒親甚だしいうちの母とは大違いだな。

例えば俺と詩織が生まれた時、父と相談せず勝手に出生届を出そうとしたらしく、俺たちの命名は、
優等《ゆうな》と劣等《れっと》。

だったそうだ。

ふざけるな！　ふざけるな！　ばかやろおおぉ！　……と言いたい。

実際、父が発見した時は相当怒ったらしい。

ていうか、なんで生まれる前から俺の事を毛嫌いしていたのだろうか。未《いま》だに理由は分かっていない。知った所で頭にくるだけだろうが……。

とりあえず、荷物をいったんコインロッカーに預け、一階食事エリアの適当な店に入る。

『それにしてもヨリ、すごく食べるんだね。フードファイターみたい』

料理を山と盛った皿を何枚も消費する俺を見て、チーナは少し面白そうに見てくる。

『ある軍人が言ってたんだ。大きくなるためには「犬のように食え」って。まぁちょっと意味違うけど』

ちなみにその軍人は、退役後有名なボディビルダーになった。

あ、俺の知り合いではないぞ。何かのインタビューを見ただけだ。

そして、満足の行くまで食べた頃には、外はすっかり暗くなっていた。

『さぁ、そろそろ帰ろう。明日も早いしな』

『ヨリはいつも通りでしょ』

言葉を交わしつつ席を立って支払いを済ませ、荷物を回収して駐車場へ。

バイクの収納に入らない大きな物を紐《ひも》で固定しつつ、ふと明日の事を考える。

『明日、海水浴場までどうやって行く？』

チーナが受け取った招待状には、現地集合と書いてあった（分からなかったら一緒に行こう！　っと連絡先を添えてあったが）。

住んでる場所によっては駅より海の方が近いという人もいるから、その配慮だろう。

そして俺たちのアパートから現地は割と近い。地図的には。

といっても、基地の外に出ること自体そこそこ時間がかかるので、歩ける距離ではない。

そんな中途半端な距離故に、ちょうどいいバスや電車がない。

米軍基地あるある――アクセスが悪い。

そのことを伝えると、

『じゃあバイクだね』

っと、手を後ろに組みながらチーナが即決した。

仕草ひとつひとつが可愛いなおい。

『いいのか？　多分クラスの奴らに見られるぞ。親の車に乗ってくる奴もいるから、集合場所駐車場付近になってるし』

『気にしないよ。ヨリのカッコいいバイクを自慢しよう』

実にあっけらかんとした様子。

出会った頃はあんなに無口だったのに、今では普通に明るい女の子になっている。

要は人見知りだった訳だ。

荷物を固定し終えて、軽く揺すって確認する。うん、大丈夫そうだ。

『まぁ、バスや電車は面倒くさくってたまらないから、タンデムが現実的か』

『うん、そうしよう』

そう会話を締めくくってから、お互いに上着を着て二人でバイクに跨る。

ぎゅっ

すううぅ、はあああぁ……。

よし！　運転に集中！

今回は事前に心構えをしていたので、朝よりはいささか落ち着いて運転することができ、無事アパートに到着。

荷物をチーナの家に運び込み、片付けも少し手伝う。

アンジーが出発する前は毎日呼ばれていたので、この部屋に来ること自体は久しぶりでもない。

要領よく作業は進み、すぐに片付けは終わった。

落ち着いた所で、チーナがコーヒーを入れてくれたので、椅子に座って一息。

『今日はありがとね、ヨリ。すごく楽しかった』

『バイクか？　気持ちいいだろ？　チーナもバイトして買ってみたらどうだ』

『バイクもそうだけど、こんな風に一日遊んだのは久しぶりだったから……ね』

え、今日遊んだっけ？　遊ぶの明日じゃね？　っと正直思ったが聞きはしない。

そこで、チーナが急に神妙な面持ちになり、話を続けた。

『ヨリにはいつも、助けられてばかりで……すごく感謝してる』

『……やめろよ。大したことじゃない』
なんだ、そのことか。
うん。確かに苦労はしてる、色々な面で。大したことないってのは多少見栄《みえ》だ。
でも不思議と、辛いとか面倒くさいとか、そういった感情は無い。
あるのは……
『大丈夫、お前といるのは……楽しいよ』
『…………』
くっ、はずっ……。

何勢いで言っちまってますのん。チーナも答えに詰まってボーッとしてますやん！
疲れてるな！　よし、もう帰ろう！
『それじゃあ……帰るな。今日は早く寝ろよ』
そう言ってさっさと立ち上がる。
その時、
『ちょっと待って』
俺が歩きだす前に慌ててチーナが呼び止めて、テーブルを回って近づいてくる。
え、何？　もう早く帰りたいんだけど……

そう思って顔を上げた、その時だった。

ちゅっ！

耳元で、キス音が響いた。
チーナが俺の肩に手を置いて、俺の右頰に自分の頰を擦り寄せている。
頰から伝わる温《ぬく》もり、肩にかかる体重。
身長差を埋める為《ため》に必死に背伸びしているせいで、密着する体。
世界が一瞬で、音を無くしたようだった。
『ヨリ！　ねぇ、ヨリ！』
どれくらいボーッとしていたのだろうか、肩を揺すられてようやく我に返る。
『え、は！　ちょっ！　チーナ、何して！』
そして、何をされたかようやく理解した。
『チークキスはやめとけって……』
『私からするのは別にいいでしょ。私はヨリと挨拶がしたい』
そう言うチーナの顔は、俺程ではないが少し赤くなっている。
だが、そんな事に頭が回らない程、俺の心臓はバックバクだ。
血の流れが熱い。呼吸の仕方が分からなくなりそうだ。

『それより、ほら！』
必死な俺をよそに、チーナが腕を少し広げ、期待した目でこちらを見てきた。
「今度はそっちから来い」と、言外にそう言っている。
ロシアでは頬のサイドを替えながら、チークキスを二、三回繰り返すのが一般的だ。
「またね」に、同じ言葉を返すように。
だが今の俺に、その当然の挨拶を返す力は残っていなかった。
『じ、じゃあまた明日な！』
ドンドンドンドン！　バタッ、ガチャン！
非常に情けないことだが、俺は自分の部屋に逃げ帰った。

◆

日が変わって日曜日。
今日も今日とて朝ランニングをこなす。
昨日あんな事はあったが、今は平常。もういつも通りだ。
特に今日は海水浴。いちいち動揺するようでは身が持たないだろう。
頑張れよ、俺の鋼メンタル。
自分を鼓舞しながら、シャワー、朝食、着替えを済ませる。

今日は深緑の七分丈カーゴパンツに、黒の半袖Tシャツ、そしてお気に入りのドッグタグだ。

着替えを終えて壁に掛けてある時計で時間を確認すると、時刻は午前七時五〇分。海水浴の集合時間は九時。

まだ時間があるな。勉強でもして……

ガチャッ

チーナ来訪。早っ！

だが彼女が自由に入ってくること自体にはだいぶ慣れたので、大して驚くことはない。

『おはよう、チーナ』

部屋に入ってきた彼女に、いつも通り朝の挨拶を送る。

そう、いつも通りに。

今日のチーナは、白鼠《しろねずみ》色のフレンチスリーブパーカーに、昨日より濃い色のデニムのショートパンツという、いつも通りシンプルな出で立《いた》ちだ。

夏だからシンプルにしているのかは分からないが、相変わらず似合っている。

ドアに近いところに立っていたせいで、妙に距離が近くなってしまった。

少し距離を取ろうか……と思ったその時、

『うん、おはよう……ちゅ』

えっ……はっ！

チークキスされた、のか？

チーナが速攻で決めてきた挨拶に、思わず意識が一瞬飛ぶ。

あぶねぇ。大丈夫か心臓、動いてるか⁉

「ぎりセーフでーす」↑心臓さん

危なかった。俺じゃなければ死んでたね。

相変わらずの不意打ちに生命の危険すら感じた俺を知ってか知らずか、チーナが体を離し……

『ほら、ヨリも』

と、昨日と同じように両手を少し広げてくる。

今日こそは……と言わんばかりに。

さぁ、どうする俺？

『………………ココハニホンデスヨ？』

◆

結局今日も挨拶を返す事は無く、俺とチーナはタンデムで海水浴場へと向かう。

天気は快晴、絶好の海水浴日和だ。

海風の中、海岸沿いを走る。

後ろでチーナが、わぁ！　っと感動の声を上げている……気がした（風の音うるせぇ）。

ロシアという広大な地で、海辺を見ることは少ないだろうから、感動するのも道理だ。

時刻は八時五〇分。

このまま行けば、ちょうど集合時間五分前くらいに到着できる。

そういえば、今日はクラスのどのくらいのメンバーが参加するのだろうか。あまり多くない事を祈る。

出来れば数名とかになりませんかね？　目立ちたくないのですが……。

だがそんな淡い期待はすぐに砕かれることとなった。

浜辺から道路を一本挟んだところに、海水浴場用の臨時駐車場が見え始め、その近くで二〇人程度のグループが雑談をしているのが目に入る。

見知った顔も見受けられる……間違いなくクラスメートのグループだろう。

結構来てるな……。めんどくせぇ。

うちのクラスがちょうど三〇人だから、六割以上来ていることになる。

部活あるだろ？　そっち行けよ。

若干Uターンしたい気持ちが「呼んだ？」と言ってくるが、ここまで来て引き返すのはさすがに現実的ではないだろう。

え！　いつの間に来てたの！　っと言われるくらいのスニーキング合流を目指そう。

大丈夫、できる！　何のための軍事訓練だ！


あ、既に視線感じます無理ですね。チーナの綺麗《きれい》な髪が目立ってるわぁ。


先行きの暗さに悲観しつつ、とりあえず駐車場にバイクを停《と》める。

休日とはいえシーズンギリギリな為か、すんなりと空きを見つけることができた。

屋根のない駐車場のため、バッテリーがやられないか心配だ。

バイクを降り、ジャケットを脱いで備え付けの収納にしまっていると、妙に周りが騒がしくなってきた。

浜の方から聞こえてくるキャー、とか、わ～っと言ったものではない。

喧騒《けんそう》が近づいて来ている……というのが正しいか。

その原因……無論クラスメート集団が俺のバイクを取り囲むのは、あっという間だった。

あ、違う。チーナだけ残して俺を包囲網から外そうとしてる。小癪《こしゃく》な！

「クリスちゃんバイクで来てたんだ、かっこいいね！」

「あれ？　運転してたの誰だ？」

俺が無言の攻防を繰り広げている横で、ワイワイとチーナに話しかけるクラスメート達。

それを押しのけて、今回の主催者……佐々木がチーナに話しかけた（今から脱ぐのに、その無駄にカッコつけた重ね着に俺はツッコミを入れたい）。

「やぁクリス！　暑い中よく来てくれたね！」

親戚のオッサンの様なセリフを吐きながら、妙に馴《な》れ馴《な》れしく話すささっきー。

言ってることが分からず、とりあえず「オハヨウ」と返すチーナ。

いいぞチーナ。そのままうまく会話を流せ。なんならそいつを海に流せ。

と心の中で念じてみるが、そうは問屋が卸さぬようで事態は急速に進んでしまう。

それも悪い方に。

「よしクリス、挨拶しようぜ」

と言って、すぅ……っと何かの教祖のように腕を広げてみせる佐々木。


出たぁあああ！！！

あの構えは、ハグからのチークキスを誘う型だあああぁ!!


あまりにも予想通り。あまりにも阿呆《あほう》。

自信満々の顔で、さあおいでと言わんばかりの表情。

そんな佐々木のギュッ♡の構えを見て、さすがにチーナも察したらしい。

奴が「挨拶」を求めていることを。

だがあめぇ。それについては既に対策済みよぉ！

チーナが、心底嫌そうな顔を見せた後、ふっ……と、少しだけ相手を小馬鹿にしたような息を吐いた。俺にしか分からない程度に……だが。あいつ、やる気だな。

いいぞ、ガツンと言ってやれ！

「ワタシのスンデタところでは、そのアイサツ……は、しない」

Oh………やっさしぃ。

「え、あ……そうなんだ……」

予想外の返答に、恥ずかしいやら残念やら残念やら……という表情で腕を下げるサッサキさん。

ていうかチーナ、もうちょっと強く攻めてもええんやで。

覚えたての数少ない言葉を繋《つな》げた結果、奇跡的に気を遣ったような返答になってしまったんだろうが、物足りない。

「やっちまった～」程度で佐々木のダメージが抑えられている。

かく言うチーナも、「言ってやったぜ」みたいな満足気な顔をしてる。

あ、ドヤァって視線送ってきた。

いいえチーナさん、エアボールですよ。

とにかく俺も、そろそろ参戦するか。チーナのボキャブラリーはもうゼロよ。

「ロシアは多民族国家、それも死ぬほど広いんだ。地域ごとに挨拶が多少違うのは当然だろ?」

俺を排除しようとするクラスメートを体幹ゴリ押しで突破し、超真面目な顔を作って佐々木に言ってやる。

まあ半分くらいデタラメですけどね。ばれへんばれへん。

「くっ、そうなのか……」

見事に鵜呑《うの》みにし、悔しそうな佐々木。嫌、残念そうと言った方が正しいか。

下心の権化め。

「というより、何でお前もいるんだよ! 聞いてないぞ!」

些細《ささい》な泣き面を拝むのも束《つか》の間《ま》、反撃してきた佐々木。

ほぼ八つ当たりではあるが、周りの連中の半分くらいは同じような疑問を顔に浮かべている。

こいつら、グルで俺を誘わなかったな。

チーナだけ連れ出すなんてほぼ無理だとは考えなかったのだろうか。

反論の余地ありまくりだが、それ故にどう言いくるめてやろうかと一瞬考えている間に、全く予想していなかった援護射撃が入った。

「俺が誘っといた。昨日の事だったから連絡忘れちまっててさ」

そう言いつつ、これ見よがしに俺の肩に手を置くそいつは……俺の悪友、総司《そうじ》だ。

え、お前来てたの？　柄じゃなくない？

あまり群れることが無いこいつが、自主参加の集まりに顔を出すのは珍しい。

一匹狼《いっぴきおおかみ》と言えば聞こえはいいが、完全にイケメンの無駄遣いだ。

とはいえ、俺を擁護してくれるなんて、お前にも優しいところがあったんやなぁ……

佐々木たち、あんなに悔しそうな顔して……、

「ん？　どうした渋い顔して。当然だろう？　クラスメート、なんだからよ」

……知ってた。俺の擁護は完全に煽《あお》りのついでだって。

あえて猫背になり、佐々木の目を覗き込む総司。こいつ目付き鋭くて長身だから、こういう動作がよく似合う。

まぁ、スッキリしたから良しとするか。

◆

移動して、海の家の更衣室。古びた外観の割に、更衣室はかなり綺麗だ。

まぁ、ボロボロだと覗きとか警戒されて客が来なくなるかもしれないし、当然だろう。

ロッカーに荷物を預け、俺たちはさっさと着替える。

ドッグタグは……付けておこう。かっこいいし。

着替え終える直前に、近くのロッカーで着替える総司に先程の質問を投げかけてみた。

なんでこいつ今日は参加しているのか、やはり気になる。

「そういや総司、お前、何で今回は参加したんだ？」

「……クラスメートだから？」

「帰ってどうぞ」

そんな理由で動くタマじゃないのはよく知ってるぞ似非《えせ》ヤンキー。

長袖のラッシュガードを羽織り、前のチャックを締めながら、全力のジト目を総司にお見舞いする。

「はぁ、まぁそうだな。面白そうだから……な」

ロッカーを閉めながら、ニヤリと横目で目配せを返してくる悪友。

その冷然たる笑みには、明らかな私欲が見て取れた。

この野郎、俺&チーナとクラスメンバーとの攻防戦に、煽り症のはけ口が見つかると考えているのだろう。

ま、そんなことだろうとは思ったけど。

「頼むから、俺達に被害は出すなよ」

「俺達……ね。ま、お前の立ち回り次第だな」

そう言って、ニヤリと不敵な笑みを浮かべる総司。

そんな会話をしながら、着替えを終えても更衣室で時間を潰す。

どうせ女子達はすぐには着替え終わらない。外で待つのは暑いだけだ。

あれ、俺と総司以外もう出て行ってるな。まぁいいか。

ちなみに俺はラッシュガードで上半身を隠しているが、総司は上裸だ。こいつもなかなかに筋肉質ですらっとした体をしている。

顔もイケメンなら体もイケメンか。女子に騒がれそうだ。

その時、外からワーワーと凄《すさ》まじい歓声が聞こえた。

構成要素ほぼ男声。

「お、女子が出てきたみたいだな。そろそろ出るか」

「はぁ……あいよ」

総司について更衣室から外に出ると、軽食を売る出店からいい匂いが漂ってくる。

そしてそこには、チーナ（見えてはいない）と、それを囲む男子と女子の陣形が形成されていた。

「めちゃくちゃ可愛いなクリス！」

「その水着、クリスちゃんの肌の色にも凄《すご》く合ってるね！」

「高原《たかはら》くんも、凄くいい体してる〜！」

あーあーあー、テンプレ展開が不法投棄されてますがな。

てか高原って……あぁ、あのイケメンくんか。

ということは、チーナと一緒にそいつも囲まれているわけだ。

チーナや高原（がいるであろう方向）に向けて、思いつく限りの褒め言葉を投げまくる野次馬諸君。

みなさーん、五割弱伝わってませんよー。

とにかく、チーナを助けようにも、この包囲網をどうにかしなければならない。

いくら体幹鍛えてても、女子もいる集団をかき分けるのは気が引ける。

どうするか……よし！

「行け総司！　女子のタゲ取ってこい！」

「ふざけるなヘタレ」

ぐ、切り返しが痛い！

だが甘いな総司。お前が思っているより、女子は耳が良《い》いんだぜ。

「あ、清水《しみず》くんだ！」

「え、総司くん！　わぁ！　すっごい筋肉！」

「さすが清水くん。いい体してるぅ！」

イケメンの声を聞きつけ、一斉に振り返る女子諸君。

予想通りだ。

高原と同様、総司の海パン姿も待っていた女子の面々が、ターゲットの声を聞き逃すことは無い。

さすが、いい仕事するぜ総司。お前にタゲ取りの翁《おきな》の称号を授けよう。

俺に一杯食わされて、さぞ悔しそうな表情をしているであろう悪友の顔を横目で見やる。

たまにはこいつの負け面も拝んでやらんとなぁ！

しかしてそこには……勝ち誇ったように、鮮烈な笑みを向けてくる鬼が居た。

かかったなあああぁ！　いおりいいぃ！

あれ、テレパシーを受信したんだが……。

「いやいや、俺なんてまだまださ！」

演説でもするかのように両手を広げ、女子達……につられて注目する男子達にも聞こえるように、語り出す総司。

やめろてめぇ！　何する気だ！

「俺の体は、ただ筋肉質で細いだけ！　こいつの……細い筋肉とは比べられんさ！」

そう言って総司は凄まじい速度で俺のラッシュガードのファスナーを全開にし、そのまま乱暴に剝ぎ取った。

まだ濡《ぬ》れていない為、案外簡単に肌を滑る。

その瞬間……

「何やっとんじゃぼけぇぇぇええええ！」

「ぐふぁ！」

驚いた俺は思わず反射的に総司を投げ飛ばしてしまった。

俺の脊髄グッジョブ。

ズゾッ！

っと、訓練で培われた華麗な投げ技で、背中から叩《たた》きつけられる総司。

だが残念なことに、地面が柔らかい砂なため、効果はいまひとつ。

「ったく、急に何するかと思えば……」

俺のラッシュガード奪ってどうするつもりだったんだろうか。

別に後で脱ぐ予定だったたし、このタイミングで剝ぎ取ったところで一体何になる？

俺がキャッ！　っとか言って恥ずかしがる姿を晒《さら》しものにするとかか？　言わねえよ。

何にせよ、目論見《もくろみ》は外れたな。外れたはずなのに、何故だろう……すごく、視線を感じる。

総司から視線を上げ、周りを見回すと、クラスメートのほぼ全員が阿呆みたいな面して俺を見つめていた。

豆鉄砲を喰《く》らった鳩《はと》が量産されている。

ただ、その顔は男女の間に大きな差があった。


男子は蒼白《そうはく》、絶望に染まった顔。

女子は赤面、見惚《みと》れるような顔。


直前までよいしょされていた高原《イケメンくん》に関しては、注目が一瞬の内に自分から総司、そして俺に移ったことで完全に置き去りにされている。

え、俺は？　俺は？　みたいな仕草が滑稽だ。

にしてもこいつ、さっきいい体と女子からもてはやされてなかったか？

筋肉どこ？　まあいいや。

そんな事を考えていると……

「すご……」

っと、静寂の中、女子の内一人が声を漏らした。

フリル付きの赤い模様のビキニを着た黒髪ショートの女子で、名前は……秋本《あきもと》だったか。

詩織信者の息がかかっていない、俺にも普通に接してくれるクラスメートの一人だ。明るい性格で、そこそこ可愛いらしい。

にしても凄いって、何が凄いんだろうか。疑問符が頭上に浮かぶ。


一瞬の間。


次の瞬間、目がピカーン！　っと光り、秋本は起動したロボットのように急に俺に迫って来た。

「凄いね鏡《かがみ》くん！　ムッキムキだね！　ちょっと腕触っていい？　いい？」

「ちょっ！　待て来るな……俺のはその、触るとかぶれるから総司にしろ！」

なぜか血相を変えて触ろうとしてくる秋本に対して、とっさにディフェンスをかます俺。

急に来たなおい！　急に来たなおい！

グイグイ来すぎて、若干の恐怖すら感じる。

「え、私も触ってみたい！」

「ちょっと待って！　鏡に近づいたら何されるか分からないわよ！」

「な、なぁ！　俺も最近鍛えててさ！」

秋本に続いて俺の周りにわらわらと集まってくる中立女子たちと、それを止めようとす

る俺アンチの女子たち。そこへさらにカオスを投入してくる男子諸君。
俺に対するクラスの女子の立場が、明確に陣営を分け始めた。
だが、今そんな分析をしている暇は無い。
お世辞にも女慣れしているとは言えない俺にとって、この状況は地獄。
俺が……危ない！
くっそ、完全にヘイト……いや今回に限ってはタゲを買ってしまったようだ。
『ヨリ！　ヨリ！　大丈夫⁉』
遠くからチーナの声が僅かに聞こえる。
大丈夫じゃないっす。助けてぇ。
完全に地獄絵図。かの鳥山石燕《とりやませきえん》でも、これを見れば驚くだろう。
そういえば、総司はどこに？
この状況を作った悪魔に責任をとら……

「きゅうりうまっ」

きさまぁぁぁぁぁぁ！

何きゅうりの一本漬け買って食ってんだよ！

美味そうだなぁおい⁉

くそが！　後で……後でどうにかしてやる‼

◆

ひとしきり騒がれた後で、やっと解放された。

結局包囲網は突破できなかったが、少し腕を触られる程度でなんとか踏ん張ることができた。

ただ、男子からの嫉妬の視線と女子からの奇妙な視線をまだちょいちょい向けられている。

それを避けるために、クラスの連中が浅瀬ではしゃいでいる中、俺は集団から離れパラソルの陰で寝転んでいるところだ。

海風が気持ちいい。

あの後秋本が、迷惑をかけてすまなかったと平謝りをしてきたのだが、元凶はほぼほぼ総司なので（これっぽっちしか）気にしていないと伝えた。

その彼女は今、チーナの側に付いて烏合《うごう》の衆から適度な距離を保たせてくれている。

ああ見えて面倒見がいいのかもしれない。

人見知りのチーナも、彼女は信用できると判断したのか、他のクラスメートよりも気を許しているようだ。

ひとまず安心だろう。

そして、同じパラソルの下で寝転んでいる人間がもう一人。

先ほどの大騒ぎの元凶であるそいつは、見ると気持ちよさそうに目を閉じていた。

まあ、こいつに振り回される事は今回が初めてではない。

慣れているといえば慣れているし、少し時間がたった今怒りも冷めてきた。

「なあ、総司」

ただ、少し知りたい事があって俺は総司に呼びかける。

総司は目を開けると、こちらに少し首を傾けてそれに応じた。

「なんだよ」

「……それが遺言か？」

「ただの返事で何が伝わると⁉　っておい！　待て！」

冷めたからって怒りが消えた訳じゃないんだぜ？　さあ！　罪を償って貰おうか！

海水浴客はいるが多くはない。クラスメートの注意も今は逸れている。

今なら行ける！　断罪の時は来た！

がばぁ！　っと立ち上がり、出遅れてまだ片肘をついている総司を見下ろす。

そしていざ刑を執行しようという、その時……

「おーい二人とも！　昼飯に行くぞー！」

っと、タイミング悪くクラスの奴らに呼びかけられた。

っくそ！　悪運の強い奴め！　これでは流石《さすが》に手を出せない。

仕方ない、後回しにするか……。

そんなこんなで午前は無事？に過ぎ、食事を済ませてまた遊ぶ。

だが、事件は午後に起きた。

◆

今俺は、海の上に仰向けでぷかぷか浮きながら、ゆっくりと流されている最中だ。

なんだろう、今日は縦になるより横になっている時間の方が長い気がする……縦になるってなんだよ。

時刻は午後三時。

海の家での昼食を挟んで少しビーチバレーをした後、暑いからとまた海に入った。

ただ今回は浅瀬ではなくそこそこ沖まで出てきている。

午前はチーナが怖がって行けなかったのだが、海に慣れてきたのだろう。

暑い日差しを受けながら冷たい海水を背中に浴びるのは、とても気持ちいい。

少し離れたところで、クラスメート達がワーワーはしゃいでいる声が聞こえる。バナナボートに乗ったり落ちたりする者、浮き輪に摑まって波を感じる者、楽しみ方はまちまちだ。

そして、俺の近くにはまたも総司が浮いている。

否、俺は流されているフリをしてさりげなく近づいたのだ。


海軍で訓練している俺は、海の中において無敵。

さあ、いまこそ復讐《ふくしゅう》s……

「ヨリー！」

「鏡くん清水くん！　やっほ〜」

「ん、鏡だと？　……あぁ、いたのか」

……バレた。

お前なんやねん。危険が迫ったら自動でフェロモンでも出るんか？　ミツバチか？

そういやいつもやられっぱなしで対抗出来た記憶がない気がする。腹立つなぁおい。

心中で毒づきながら呼びかけられた方を見ると、アヒルの浮き具を抱いたチーナと、逞《たくま》しくも身一つで泳ぐ秋本がこちらに近づいてきていた。

上手く隙をついて集団から抜け出したのか、クラスの連中は気付いた様子もなく遠くで変わらず騒いでいる。

「チーナちゃんが鏡くんと遊びたいみたいだから来たんだ。二人とも！　せっかく集まったのに別行動はよくないよ」

「あんな事あって一緒に遊べるかよ」

「ごめんってぇ」

両手を合わせて謝る秋本。

そんな風に秋本と立ち（泳ぎ）話していると、会話が切れたタイミングでチーナが話しかけてきた。

『すごいねヨリ！　海、広くて深い！』

すごく興奮している。

初めこそ陸から離れることに少し怯《おび》えていたが、今はとても楽しんでいるようだ。

とはいえ、それでも大きく表情に表れているわけではないが俺には分かる。

嬉しそうに話しながらアヒルに顔を埋めるチーナ。

ビニールでできた黄色いアヒルの肌に頰ずりしつつ、水の感触を味わうかのように頰が緩んでいる。

……可愛いなおい。そのまま黒猫パンケ〇キ歌ってみ？

それはともかくとして、楽しんでいるようで何よりだ。

俺も思わず口元が綻ぶ。

来る前はどうなることかと心配したが、杞憂《きゆう》だったな。

『子供かよ。あんまりはしゃいで、クラゲに刺されたりすんなよ？』

『クラゲ？　刺されたらどうなるの？』

『めちゃくちゃ痛くて、最悪溺れる』

それを聞いて、こわ〜っといった感じのチーナ。

「クラゲなんて、気を付けてどうこうなるもんなのか？」

そこへ総司が仰向けのまま近づいてきて、会話に加わってきた。

こいつ、さらっと器用な泳ぎするな……。というかなんでクラゲの話って分かったんだ？

「一応、クラゲ避け効果のある日焼け止めもあるらしいけど、日本じゃなかなか見ないな」

『何て言ってる？』

『クラゲ超怖くって帰りたいってさ。あ、こいつ総司な』

そんな大した事ない会話をしばらく続ける。

降り注ぐ太陽、冷たい海水、和やかな会話。

悪くない。来年は少人数で遊びに来るのも良いかもな。

そう……思った時だった。

「больно《ボーリナ》!!！」

突然、今までに無いほどの声でチーナが叫んだ。

「痛い」……と。

まじかよ……クラゲか。

チーナの叫び声を聞いて驚く秋本。クラスの連中や周りの海水浴客にも聞こえたのか、一斉に注目が集まる。

「なんだなんだ⁉」

「溺れてるの？」

っとにわかに辺りがざわつきだした。

恐らく盆あたりから湧き出すアンドンクラゲ。あれに刺されると……かなり痛い。

電撃が走ったような激痛とそのショックで溺れかけてしまうことも多い。

実際、チーナは完全に混乱してしまい浮き具から手を離して暴れていた。

むやみやたらに手を振り回し必死に沈まないようにしているが、痛みとパニックのせいで逆効果になっている。

「ヨリ！　ごぼっ……ヨリ！」

「チーナちゃん落ち着いて！」

水を吸い込みながらもがくチーナに、すぐ近くにいた秋本が手を差し伸べようとする。

だが、それはまずい。

「近づいたらだめだ秋本！　抱きつかれたら二次被害だ！」

「じゃあどうしたら……」

泣きそうな顔をする秋本が言うが早いか、その横を一瞬で通りぬけ、俺はチーナの横に回る。

『すまんチーナ、少し触るぞ』

一応そう断ってから、彼女の正面方向から右手を背中に回し、グイッと引き寄せ頭を海水から出す。

チーナはまだ暴れているが、彼女程度の力で抜けだされる事はまず無い。

これで呼吸は大丈夫。後は……

「総司！」

「タオルとライフセーバーだな！」

俺が伝えるより早く総司は意図を理解し、言い終わると同時に陸に向かって泳ぎ出す。

こういうところ奴は察しがいい。

まったく、この頭の良さをもっと有意義に使えばいいのに。

「秋本もクラスの連中連れて陸に戻れ！」

「わ、わかった……って、はやっ！」

近くにまだクラゲがいるかもしれないため、秋本にそう指示して俺も陸に向かう。

右腕でチーナが呼吸できるように固定しつつ、左手と足で水をかく。

普段の重い装備をつけ浮きにくい筋肉ダルマを運ぶ訓練に比べれば、チーナ一人くらい造作もない。

流石に総司には距離を離されるが、後ろで同じく陸に向かい始めたクラスメート達が追いついてくる気配は皆無。

『痛い……ヨリ、ごめん……』

『大丈夫だ問題ない。動かなくていいから息だけしてろ』

少し落ち着いたチーナがまだ痛そうに言葉を絞り出したので、安心させるために声をかける。

実際、痛みに耐えながら自分で泳がせるより俺がこうして運んだ方がよっぽど速い。

いや、海慣れしていないチーナなら万全の状態でもこの方が速いだろう。

日頃の訓練……活《い》きるもんだな。

クラスメート集団から距離を離しつつ順調に浜に近づき、程なくして上陸。

波打ち際にチーナを座らせ様子を見ると、左の足首に細長くミミズ腫れが出来ていた。

まだ少し触手も残っているな……。

よく見ると傷口に細いヒモのような物……クラゲの触手が付着している。

その触手に付いている刺胞《しほう》を刺激しないよう、ピチャピチャと海水で優しく洗っていると……

「伊織、連れて来たぞ」

タオルを持った総司が若い男性を連れて来た。

黄色と赤の目立つ服装……ライフセーバーだ。

「大丈夫ですか？　傷口見せてください」

心配げに声をかけてきたその男性に場所を開けつつ、タオルを使って軽く触手を除去する。

それを見た男性は、「慣れてるんですね」っと少し感心した様子だった。

まあ、シーズンオフの遠泳とかで経験あるんで……。

なんなら自分で自分の処置をしたことすらある。

とはいっても、流石にライフセーバーの方がそのあたりは詳しいので、見てもらった方が俺も安心だ。

ひとしきり様子を見て、男性は安心したように口を開いた。

「アンドンですね。とりあえず大丈夫だと思います。後は冷やして、不安なら病院を受診してください」

「そうですか。よかった」

それなら後遺症や傷跡が残る事も無いだろう。タチの悪い奴じゃなくて良かった。

ひとまず安心して、去っていくライフセーバーの男性に礼を言う。

その後、少しの間そこでチーナを休ませていると……

「大丈夫かクリス！」

ようやく海から上がった佐々木が呼びかけてきた。

血相が変わっているのは、心配のせいか急いで泳いだ息切れか。

見ると、他のクラスメートも同様の様子で上陸している。

真っ赤な顔でどしどしと近付いてくる佐々木。

変に騒がれても面倒だから、ひとまず問題ないことを伝えよう。

そう思って口を開きかけたが、その前に俺の魂胆は打ち砕かれた。


「鏡てめぇ!!　クリスに何をしたんだ!!」

「……………は？」


佐々木の突然の怒号に、思わず頓狂な声をあげてしまう。

チーナなんて、「ふぇっ！」っと驚いて俺の腕にしがみついてきたほどだ。あれ、なんか当たった気がする。

にしてもこいつ、今なんて言ったんだ？

俺を……責めたのか？

「クリスが叫んだとき、一番近くにいたのはお前だ。お前がクリスに何かして、それを隠すためにクリス攫《さら》って逃げたんだろ！」

「いや、アホかおまえ……」

あきれた。

いや、前々からバカだバカだと思っていたが、ここまでとは流石に想定の範囲外だ。

「ねえ佐々木くん落ち着いて！　さっきも言ったけど、チーナちゃんはクラゲに刺されたんだよ！　ほら、足首に跡も……」

「それは鏡が乱暴に連れてった時に岩に当たったとかだろ！　丁寧に運んでたらあんなに速く泳げる訳が無い！」

秋本がフォローに入ったが、興奮した佐々木は暴論を吐いて一蹴する。

後ろで傍観している連中も、流石に今回は佐々木に疑いの目を向けているように見える。

時間さえかければ説き伏せられるか……？

「あのなあ佐々木、あの時秋本が一番近くにいたんだから、俺が変な事をすれば気づくだろう？」

「潜ればいくらだって隠れて近付けるさ！　たとえ、本当にクラゲだったとしても、それは近くにいたお前が不注意だったからだ！」

「クラゲの一番の対処法は、危ない時期に海に入らないことだ。誘った張本人がそれを言うか？」

「関係ない！　そもそもお前には前科がある！　いつもいつも詩織に手出して！」

ああ言えばこう言うの最上級。

周囲の客たちは子供の喧嘩《けんか》なんぞに関わるまいと遠くに行ったようで、いつの間にかこの辺りには俺たちしかいない。

「そもそも、前から間違ってると思っていたんだ。普段詩織にあんなに辛く当たっているお前に、クリスを任せるなんてできない！」

引き続きまくし立てる佐々木。

もうすっかりヒートアップしきってしまったようで、一歩、また一歩とこちらに近づきながら、顔を真っ赤にして暴論を振りかざしてくる。

俺はそれを、チーナの側で片膝をつきながら見つめる。

自分でも、佐々木を見る目がどんどん冷ややかになっていくのが分かった。

こいつの発言は、そろそろ聞き捨てならなくなってきている。

佐々木の戯言《たわごと》と化学変化を起こして段々火薬と化していく俺。

そこに、火種を持って踊る阿呆が更に増えた。

「そうだ……。そうだそうだ！　鏡が悪い！」

「ええそうよ！　詩織ちゃんに優しく出来ないのに、他人に優しく出来るはずないわ！」

そう、詩織の親衛隊やファンクラブのクソどもだ。

さもこちらに正義があると言わんばかりのこの言い様。

だが、目を見れば分かる。

奴らは分かっている。今回の件、俺に非は無いと。

分かった上で……分かった上で、ただただ俺に謂れ無い不行状を突きつける為に、佐々木の告発に便乗したのだ。本当に分かっていないのは佐々木だけ。
　頭が真っ白になっていく。
冤罪《えんざい》で責められる事には、慣れたと思っていた。自分なら大丈夫だと。
大事な仲間は学外にも沢山いるから、辛くないと。
「みんな落ち着いて！　お願い！」
「醜いぞお前ら」
必死に暴徒を抑えようとしてくれる秋本、ついに見かねて援護？を始める総司。
そのどちらの声も、届くことはない。
ああ、殴りたい。ぶちのめしてやりたい。
くそ！　くそ！
暴力で解決出来たなら、どれだけ楽だろう。
だがそれではだめだ。そんな事をしてしまえば、奴らに餌をあたえてしまう。
耐えろ、耐えろ、耐えろ……
だが、そんな俺の努力など知らない佐々木は、ついに言ってはならない事を口にした。

「これからは俺がクリスを支える！　お前はもう、二度とクリスに近づくな！」

ああ、もういいや……ごめんな、父さん。

俺は目前の邪悪を、捻《ひね》りつぶさなければならない。

顔が分からなくなるくらいに叩きのめして、泣いて謝っても続けてやる。

そう思い、立ち上がろうとした……その瞬間、

「やめて！！！」


絶叫が響き、あれ程の騒ぎがピタリと止《や》んだ。

俺も立ち上がろうとした勢いを止め、声を上げた人物を見てしまう。

その人物は、俺のすぐ近くに。

痛む足で立ち、拳を握りしめて睨《にら》みを利かせる、チーナがいた。


「チーナ？」


信じられない。

人見知りなチーナが、無口なチーナが、日本語がわからず、話すのも苦手なチーナが、

目の前で……暴徒に立ち向かっている。

訪れる静寂。

「お、おいクリス、どうして……」

それを破ったのは佐々木。一瞬の内に、この世の終わりのような顔に変わっていた。

クリスのために鏡を責め、クリスのために怒っているのに、どうして彼女は今、自分たちの前に立ち塞がっているのか……そんな表情だ。

「ヨリは、わるくない!!」

だがこの言葉を聞いて、彼女の表情を見て、流石の佐々木も察したらしい。

彼女が俺を守るため、佐々木を否定していることを。

「ヨリは、わるくない!!」

「そん……な……」

佐々木は、絶望の様相を呈し膝から崩れ落ちた。

「どうして、どうしてだ……。俺は……クリス許して、嫌わないでくれ……」

もう分かっている、自分が間違っていた事は。それでも、この言葉が口をついて出てしまった……そんな様子だ。

「ヨリは……わるくない」

何度も何度も、俺は悪くないと言ってくれる。

言葉が足りず、伝えたい事がうまく表現できない。

俺が不当な糾弾を受けているのに、助ける力がない。

そんな悔しさからか、彼女の瞳からいく筋もの涙が流れた。

それでも知っている少ない言葉を何とか繋いで、俺の為に立ち上がってくれている。

その姿が、ある光景と重なって見えた。


「やめろ紗季《さき》！　伊織は悪くない！」


幼い日の、父が母に向き合う姿。

ああ、こんな風に庇《かば》ってもらうのはいつぶりだろう。

周りの連中も度肝を抜かれ……ついに、言葉を発する者はいなくなった。

チーナも耐えきれなくなってその場にうずくまると、「ヨリは……ヨリは……」っと弱々しく続けながら、顔を覆う。

きっと、会話の内容が分かった訳ではないのだろう。

ただ、俺が無闇に責められている、それだけは伝わったのだ。あいつらが、考え無しにギャーギャー騒ぐから。

全く俺は、守んなきゃいけない子に何守られてんだよ。

俺は無意識にチーナの頭に手を置いた。

海水に濡れていても、きめ細やかでさらさらな髪だと分かる。

すると、チーナが俺の胸に顔を埋《うず》めてきた。

『怖かったくせに……ありがとな』

大丈夫。チーナの言葉は、俺なんかよりずっと、届いてる。

そして俺は顔を上げ、俺を糾弾していた連中を睨む。

多分、今までの人生で一番、壮絶な表情をしているんだろう。奴らは、二歩三歩と後ずさった。

そして俺はチーナを離し、立ち上がって佐々木に近づく。片膝をついて肩を掴み、奴の目を睨みつける。

「結局お前はチーナの事を、これっぽっちも想《おも》えちゃいなかったんだよクソ野郎！　これ以上、劣情のはけ口をチーナに向けるようなら、俺はお前を捻り潰す！」

「ひ、ひぃっ！」

尻もちをつき、そのまま恐怖で動かない佐々木。

何か海水とは違う液体が、佐々木の足元で広がったような気がする。

そして今度はアンチ連中……チーナの涙の原因の一端を担った者共に目を向け、怒りをぶつける。

「詩織に優しくしない俺を、お前らが恨むなら……」

そして発した俺の声は、自分でも怖いと思うほど、強い重力のように重く静かに響いた。

「チーナを泣かせたお前らを、俺は絶対に許さない」

◆

結局あれから、すぐにチーナを病院に連れていった。

俺の威嚇を受けて、あいつらは相当怯えていたようだ。佐々木なんて、しばらく座り込んでいた。

「漏らしたのか？　タオルいるか？」

と総司が追い討ちをかけていたのをぼんやりと覚えている。

こんな威圧的な対処、後々の軋轢《あつれき》に繋がりそうで避けていたのだが、後悔はしていない。

病院では塗り薬を処方されたくらいで、幸いにも大した事は無かった。

今は帰って来て、俺の部屋の寝室のベッドに隣り合って腰掛けている。

『ごめんな、チーナ。今日はこんな事になっちまって』

おもむろに俺は口を開く。

この部屋に入ってから随分と重い空気がのしかかっていたため、この言葉を捻り出すのは中々に大変だった。

でも、俺から言わなければならない事だ。

クラゲの件もそうだし、要らぬいざこざに彼女を巻き込んでしまったのは俺だ。アンチ連中も許せないが、俺の落ち度であることも間違いない。

『何ともないよ。クラゲは痛かったけど、ヨリがちゃんと処置してくれたし。喧嘩の方は、私にも原因があるんでしょ』

そう言って、俺に優しく笑いかけてくれるチーナ。

『海、嫌いになったか？』

『ううん。多分大丈夫だよ。気持ちよかったし、来年も行きたいな』

子供がクラゲに刺されて、以来海が苦手になる事は良くあること。

密《ひそ》かに心配していたのだが、気を使って言ってる風でもないし大丈夫そうだ。

多分、チーナは見た目より根性ある奴なんだろう。

すると不意に、俺が膝に置いていた手が温もりに包まれる。

驚いて見ると、チーナが俺の手を握り、まっすぐ見つめていた。

チーナほどの美少女の上目遣い。俺の心臓は思わず、ドクンと跳ね上がる。

『ねぇ、ヨリ』

『……どうした？』

それでも何とか顔には出さず、話しかけてきたチーナに応じる。

何か聞きたいことでもあるのだろうか、心配そうな表情だ。

『教えて欲しい、ヨリはどうして皆から……その……嫌われているのか』

言葉を濁そうとしたのか少しつかえつつも、結局ストレートに聞いてきた。

そう、俺はまだ彼女に自分の境遇を詳しくは話していない。怖かったから。

転入した頃から、ずっと気になってはいたんだろう。

ただ、俺が言いたくないのを何となく察してくれていただけだ。

それでもここまで来たら、お互いに聞かない訳にも答えない訳にもいかない。

『お前にとっては、嫌な話になるけど……』

そう言って、俺はおもむろに話し出した。


詩織が俺を嫌っていること。俺の評判を下げようとしていること。それは母の教育の影響であること。

姉であり、母から褒めちぎられて育った彼女にとって、俺はいつでも劣った存在でなければ許せない。

初めのうちは俺も否定しようともがいていた。だが、中学の頃にその方法は諦めた。

父の頭の良さと、母の容姿と運動神経。全てを持って生まれた詩織。

対して、目立つ長所がある訳でもない俺。

周りがどちらを信じるか、それは火を見るより明らかだ。

『母が俺を嫌っている理由は正直まだ分かってない。もともと芸能人で、妊娠を機に引退したって聞いたから、その辺りが関わってそうな気はする。父が離婚しなかったことも含めて』

『そう……なんだ』

『今の状況を変えるために、考えてる事はある。けどそれは母や姉との関係を改善しようってものではない。こんな俺に、お前は怒るだろ？』

身寄りが全員居なくなって、独りになってしまったチーナ。

家族の大切さを一番分かっている彼女は、家族と仲違《なかたが》いしたままの俺をきっと……受け入れられない。

俺の話を聞いて、チーナは少し考える素振りを見せる。

そして考えた後、おもむろに口を開いた。

『私はね、許せないよ』

やっぱり……。

分かってはいた事だが、直接言葉にされると辛いものがある。

もうこれで、チーナからの信用はなくなった。そう思った時だった……

『私は許せない……あなたのお母さんを。そしてお姉さんを』

『え……』

思ってもいなかった言葉。

チーナが許せないのは、俺であるはずだったのに。

今まで片手で握っていた俺の手を、今度は両手で握りしめてくるチーナ。

その表情に、嘘が介在する余地は無かった。

『きっとヨリは、お母さん達とのことも考え続けたはず。それにヨリにも、誰にも負けないくらいいい所が沢山ある。そんなことも分からない人達となら、仲良くする必要なんてない！』

『……怒らないのか？』

今まで俺を肯定してくれる奴は、同年代にはいなかったのに……。

『怒るわけないよ』

こんなにも真っ直《まっす》ぐ、俺を信じてくれる。

『だからヨリは、もっと自信を持って』

こんなにも、こんなにも優しい子が、俺を見てくれている。

涙が溢《あふ》れた。

見られたくないから顔を背け、俺は何とか嗚咽《おえつ》を抑えながら、

『ありがとう』

そう伝えるのが精一杯だった。

するとチーナがすっと立ち上がって、腕を広げてきた。

『私はあなたを信じてる。私はあなたの味方だよ。だからヨリ……ちゃんと挨拶、しとこう。「これからもよろしく」って』

『……あぁ、そうだな』

これは断れない。断っていいはずが無い。

俺は涙を拭ってチーナの前に立ち、彼女の目をしっかりと見つめる。

お互いに、自然な笑みがこぼれた。

まずはいつもどおり、チーナから。

ちゅっ……っと、体を寄せて頬を擦り寄せ、耳元でキス音を奏でてくれる。

そして俺の番。緊張は、不思議と無かった。

彼女の肩に手を置き、頭を下げて俺の左頬を彼女の左頬に触れさせる。

そして、

ツッ！

あ……音が出なかった。

それでも、顔を離した彼女は、今までに無いほど綺麗な笑顔を俺に向けてくれた。

『もう……へたくそ』

三章　クラスマッチ

月が変わって九月初週。

少し和らいできたもののまだまだ暑いこの季節。その昼休み。

俺は今冷房の効いた教室で、チーナ、総司《そうじ》、秋本《あきもと》の三人と昼食を摂《と》っていた。

「楽しみだねぇ、クラスマッチ。みんなで頑張ろうね」

楽しそうに話す秋本。

そう、今日は二週間後に開催されるクラスマッチの、参加種目を決める話し合いが行われたのだ。

今年は、男子はサッカーとバスケットボール、女子はソフトボールとバスケットボールに参加することとなった。

他にも球技種目は存在するが、人数の都合上うちのクラスはこのセレクトに落ち着いた。

このクラスは男子一六人に女子一四人の計三〇人。

どちらも人数がギリギリのため、補欠要員も確保できない。故に一人一人の能力はかなり結果に関わってくるはずだ。

「秋本、お前学級委員権限でほぼ無理やり俺の競技決めやがって……。俺以外の四人は全員バスケ部だってのに、俺だけ素人なのは恥を晒《さら》すだけだ」

「鏡《かがみ》くんはバスケ得意だってチーナちゃんが言ってたんだもん。ね、チーナちゃん」

「？　……う、うん」

最近、チーナは流しスキルを手に入れた。

俺の参加競技はバスケットボール。会話の通り、秋本に上手《うま》いことしてやられた形だ。

ちなみに総司はサッカー、秋本とチーナはバスケットボールに出場する。

「にしてもお前ら、なんで毎日俺の席で食うんだ。三人でどっか行って食え」

そう言って面倒そうに箸でズッキーニをつついているのは総司。

海水浴以降、総司の席周辺で四人で昼食を摂ることが多くなっている。

まだまだチーナの通訳は必要だし、秋本という日本で初めての女友達と別々に昼食を摂らせるのも可哀想《かわいそう》だ。

ただ……

「俺とチーナと秋本で食うのは、周りの目がしんど過ぎる。あれ以来、アンチ連中とは更にギクシャクしてるしな」

「お前のせいだぞ。あのまま言われっぱなしにしていりゃ現状維持で済んだのに。面白くない」

「お前の都合なんて知るかよ」

そんな会話をしつつ、昼食を片付ける。

俺とチーナはコンビニで弁当を買い、総司と秋本は手作りである。何気に料理がうまい総司。なんか憎たらしい。

最近チーナは大分日本語が上達して、少しだけなら会話も出来るようになってきた。

といっても、学んだ簡単な表現が用いられた上で、尚理解《なお》出来るか五分五分といったレベルだが、それでも随分な成長速度だ。

雑談をしつつそれぞれが弁当を八割ほどやっつけた辺りで、にわかに教室が騒がしくなった。

どうやら誰か来たらしい。

「お、詩織《しおり》ちゃんだ。どうしたの？」

「珍しいね詩織。俺ならここだよ」

「ちょっと男子、詩織が困ってるからあっち行って」

そう、誰かとは、俺の姉であり学校のアイドル、鏡詩織だった。

「うわっ詩織来てる。めんどくさ」

「そう言うな。姉だろう？」

俺が心底嫌そうな顔をして見せると、総司はニヤニヤとそう言ってのける。

こいつ、ほんとに俺と詩織のバトルが好きだな。まぁ、詩織が来たからといって、俺に用があると……

「伊織《いおり》いるかな？ 少し話したいんだけど」

……あると……リコーダー。

「鏡？　あいつならあそこにいるけど、また何かしたのか？」

「いやぁ、ちょっと……ね」

ああ出たでた、あの言い方。

完全に俺が悪いのに、気遣ってあからさまにそうとは言い切らない感じを装う演出。

「こんな優しい子を傷つけるなんて」、そんな印象を周囲に与える事で、自分の株を上げつつ俺の株を下げる……相変わらずシンプルだが効果的なやり方だ。

でも汚《きたね》ぇ。

「うまいな。さすがだ」

「タチ悪いやつほど褒めるよな、お前」

「詩織ちゃん、今日も可愛《かわい》いねぇ」

「おぉう、純粋さの差がすごい」

『あの人が詩織さん？』

『……そだねー』

総司、秋本、チーナ、三者三様の反応を示す中、魔王様がスタスタと俺の前にご到着なさった。

それに合わせて、教室内の視線がこちらに収束する。

茶髪のボブヘア、くりっとした大きな瞳、愛嬌《あいきょう》のある可愛らしい顔立ち、ラージなチェスト。

学校のアイドル、鏡詩織。

そんな美少女が、休憩中一般男子の俺に、これまた可愛らしい声で話しかける。

「久しぶりね、伊織」

「そっすね、詩織さん」

クラス中の視線が集まる中、俺はしばらくぶりの姉との会話の火蓋を切った。

さて今日は、一体どんなネタで俺を陥れてくれようというのか。なんだかんだ言って楽しみにしている……総司がいた。

ニヤニヤをやめろ悪魔野郎。

「伊織、最近すっかり家に帰って来ないじゃない。お母さん、心配してるわよ。お父さんがいなくなってお母さん一人で大変なんだから……。一人暮らしが楽しいのは分かるけど、たまには安心させてあげたら？」
・独りになった母を気遣う自分
・そんな母を放っている弟
・なんなら一人暮らしで気楽に楽しんでる弟

ハットトリックです。いやぁ、綺麗《きれい》でしたね。

「帰って来いなんて言われてないし、顔を出したところで喜びなんてしないさ、あの人は」

「ひねくれないの！　黙ってるのはお母さんの優しさ。嬉《うれ》しそうに見えないのは、顔に出ないだけよ」

何より面倒なのは、佐々木《ささき》と違って悪知恵が働くところだ。

嘘《うそ》というのは、ある程度真実を交ぜることが効果的。

俺が帰っておらず母を放っているという真実を交ぜることによって、非常に反撃し辛《づら》い攻撃をかましてくる。

これが、こいつのやり口だ。

「まあ、悪いとは思っているんだ。でも仕送りなんて貰《もら》ってないから、バイトしないと生活もできない」

だから俺も、嘘と真実を混在させて対抗してみる。

悪いと思っているのは嘘、仕送りを貰ってないのは真実だ。

「そんな嘘つかないの！　自分の子にお金を使うのは当然のことなんだから、仕送りしてない訳ないでしょ？　お母さんを悪く言うようなら、怒るよ？」

くっそうめえええ。

確かに嘘はついたし、母さんの事を悪く言っている。

忌々しいことに、口論に関してはアドリブでこいつに勝てる気がしない。

「あの、御家族の事に口を出してしまって悪いんだけど、鏡くんはいつもバイト頑張っているよ？」

「あの、ヨリを、困らせないで欲しい」

「秋本さんだったっけ。伊織と仲良くしてくれてありがとう。でも、バイトを頑張ることと家族を蔑《ないがし》ろにする事は別問題だよ。それとクリスティーナさん、私ロシア語苦手だし日本語でも伝わりにくいだろうから、またゆっくり話そう？」

秋本やチーナも加勢してくれるが、体よくあしらわれる。

「俺が通訳しようか？」

「ちゃんとありのまま通訳してくれるの？　それにこれは私たちの問題なんだから、他人巻き込まないの」

多少抵抗を試みるも、やはり取り付く島がない。

正直なところ、事を荒立てる事は出来る。今この場を制圧するだけであれば。

だが、あの切り札をここで切るのは、違う。

まだだ、あの切り札の使い所を間違えてはいけない。とはいえやられっぱなしも気に食わない。

この状況で、素で奴《やつ》と渡り合えるのは、同じく外道のあいつだけ。

たのむ総司！　大将として、この場を収めてくれ！

そう目で訴えかけると、総司は心底面倒くさそうな顔をして、同じく目で見返りを要求してきた。

さ、さ、さば寿司、おごりで

さば☆寿司⁉

いいけど、いいのかそれで⁉

「なぁ、詩織さんよ」

「清水《しみず》くん、なあに？」

契約が成立？し、だるそうに口を開く総司。

それに応じた詩織の笑顔に、若干の苛立《いらだ》ちが混じった。総司は彼女にとってもイレギュラーなのだ。

「私たち、の、の、問題なら、よそで話してくれ。他人に聞こえるところでやるな。不快だ」

「……ごめん」

◆

「し、お、り、の、ばかやろおおおおおぉ！」

ずだぁぁぁぁぁん！


体育館に轟音《ごうおん》が鳴り響く、いつかとデジャブな状況。

だが今回は訓練ではなく、ただの遊び。いつもやってるバイト後のバスケットボールだ。

今の音は、俺が盛大にダンクを叩《たた》き込《こ》んだ音。

『ふぅ！　伊織、今日も何かあったんだな！　気合いが違うぜ！』

『うっせぇよイーサン！　さっさとディフェンス戻るぞ！』

いつも通り、ワーワーギャーギャー大いにやかましくバスケの試合を楽しむ俺たち。

会話はもちろん英語。

『まぁた姉さんか？　大変だな』

同じチームのリアムが奪ったボールを寄越しながら言う。

言葉のキャッチボール（物理）。

『まあ、高校卒業するまでの辛抱っちゃ辛抱なんだが、それまでに何とかしとかにゃならんことが、いくつかあるからな。あいつらから逃げるだけってのはありえない』

『協力するぜ。困ったら言えよ』

それから小一時間汗を流して楽しんだ後、俺たちは切り上げる事にした。

『おいチーナ、帰るぞ』

体育館の隅で練習をしているチーナを呼ぶ。

『え、もう帰るの？　分かった』

そう答えるチーナは、一緒に練習していた女性軍人にたどたどしく礼を言うと、こちらに駆け寄ってきた。

ポニーテールにまとめた髪から覗《のぞ》く汗ばんだうなじが、艶《あで》やかに見えてちょっとやばい。

『大丈夫か？　暑くないか？』

とりあえず若干目線を逸《そ》らしつつ、スポドリを手渡す。

『大丈夫だよ。そんなに激しくは動いていないし。でも伊織はすごいね。そんなに背高くないのにダンクとかで点たくさん取ってた』

『平均よりは高いですぅ！　アメリカ人やロシア人と比べんな』

そんな会話をしつつ、汗を拭き、それぞれシャワールームへ。

ところでなぜ今日はチーナもバスケに参加しているのかというと、それはもちろんクラスマッチの練習のためだ。

足を引っ張りたくないから、俺が遊んでる時に横で練習したいと言ってきたため、ちょうどよかったから連れてきた。

今日はちょうど女性軍人のオリビアもいたため、付き合ってもらった形だ。

流石《さすが》に筋肉ダルマ共に交ぜる訳にはいかない。

ちなみに俺のバイト中は他の通訳者の手伝いをしてもらっておいた。

今日は俺も通訳の仕事が入っていたのだが、簡単な書類整理にも人手が欲しかったらしい。

バイト代も出て、チーナもちょっとホクホクしていた。

だが、人手が欲しいといってもたまたまチーナがいたから頼んだだけで、別にバスケが始まるまで家にいてもらってもよかったのだが、今日帰ってすぐに連れ出したのには少し訳がある。

『お待たせ』

『おう、じゃあ帰るか』

シャワーを浴びて私服に着替えたチーナと合流し、バイクでアパートへ。

時刻は二〇時前。すっかり日は落ちて辺りは真っ暗だ。

『じゃあ、荷物を置いたらヨリの部屋に行くね』

俺ももうすっかり慣れたチークキスを交わし、そう言って自分の部屋に入ろうとするチーナに、

『いや、今日は俺が行くよ』

俺はそう言って呼び止める。

『ヨリが？　どうして？』

『すぐに分かるよ』

？？……っと疑問符を浮かべながらも、チーナは扉を開けて部屋に入っていった。

その直後、

『ち～なあああぁ！　久しぶりいいいぃ！』

『へええええぇ！』

アンジェリーナ・レイク二等兵曹の甘え声と、チーナの驚きの叫びが廊下に響いた。

◆

『もう。アンジーが帰ってくるって知ってたんなら教えてよ』

『口止めされてたんだよ』

『チーナをびっくりさせたかったの。ごめんね』

少し膨れているチーナと、なだめる俺たち。

先ほど別れてすぐ訪れたチーナの部屋には、数週間ぶりにアンジェリーナの姿があった。

俺は「夕方に帰って来るからチーナを連れ出しておいてくれ」と事前に連絡を受け取っており、面白そうだったので実行したという訳だ。

だが予想以上にチーナが驚いてしまい、現在ご機嫌斜めな彼女をアンジーがなだめているところだ。

膨れっ面でも可愛い。

『ねえごめんってチーナ。ほら、お土産たくさん買ってきたから』

『……見せて』

お、いいぞアンジー食いついてる。今回はイギリス出張だったか？　それで押せ！

『ほら、マーマイトに冷凍のハギス、これはうなぎゼリーで……』

『クソまずいと有名な食い物ばっかじゃねーか！』

『スターゲイジーパイも……あるよ』

『ひと目で、尋常でない発想だと見抜けるやつ！』

よければ画像検索してみるといい。星々が見えるぞ。

ていうかイギリスにも美味《おい》しい料理たくさんあるんだから、そっち買ってこいよ。

ハギスとか、某国某大統領に「これ食う奴は信用できない」とまで言わしめた逸品だぞ。

『……ねえアンジー、冗談だよね？　ネタだよね？』

『い、いやあ……。こういう物の方が印象に残っていいかなって』

珍しく怒ったような顔を見せるチーナに、冷や汗をかくアンジー。

こんなにジト目のチーナは初めてだな。

とはいえチーナも本気で責めている訳ではなさそうだし、アンジーの足元にはまだ他の土産も隠してあるようだから、大丈夫だろう。

『ところでアンジー、今回はいつまで日本にいるんだ？』

これ以上ゲテモノを見せられても気分が悪くなりそうなので、別の話題を提供する俺。

『二週間とちょっとよ。ちょうどクラスマッチが二週間後でしょ？　私も応援に行くから楽しみにしてるわ！』

『来るのか⁉　運動会じゃあるまいし』

確かに、うちの学校のクラスマッチは外部の人間でも応援が許可されており、毎年数人くらいは見に来ているらしい。

でも普通は来ない。来るのは、よっぽどの親バカくらいだ。

『日本では、親が応援するのは普通なの？』

『中学生まではな。はぁ、アンジーがいると会話が慌ただしくなるから疲れる』

『そういえばまだ夕飯食べてなかったね。運動したからお腹《なか》すいた』

多少げんなりしつつ呟《つぶや》くと、チーナが時計を見ながらそう言った。

確かにもういい時間だ。さっさと夕食にしてしまおう。

何を食べようか……。

『ポットヌードル……あるよ？』

『チーナ、ファミレス行くぞ』

◆

「よし、じゃあ練習始めようか」

指揮を執る高原《たかはら》。

あーい、と返事をする男四人。

今日は今から、クラスマッチの為《ため》の練習を体育の授業時間を使って行うところだ。

体育館では男女それぞれのバスケ組、グラウンドではサッカー組とソフトボール組が練習している。

男子バスケ組のメンバーは俺以外に、高原、田中《たなか》、田中、たな……あ、田中しか覚えてないわ。

ただ、俺以外全員バスケ部所属だということは知っている。

全員身長は俺より高くそこそこ鍛えてるっぽいが、軍の野郎共に比べれば迫力に欠ける。

まずは体育館の隅で簡単な作戦会議が開かれた。

「多分チームのほぼ全員がバスケ部で構成されているのは、うちのクラスと三年二組くらいだ。そこさえ倒せれば、バスケ優勝は俺たちだ」

「でもよ高原、三年二組にはあの澤井《さわい》先輩がいるぜ」

「だよな石田《いしだ》。澤井先輩はやばい」

「ああ細井《ほそい》。あの人は、デカいし高いし、何よりうまい」

「大丈夫だ松田《まつだ》。俺たちなら勝てる！」

……田中いねぇじゃん。

ていうか、

「澤井って、そんなにやばい人なのか？」

黙って聞いていた俺は、そう疑問をぶつけた。

それに丁寧に答えてくれるイケメン《高原》くん。

「鏡はバスケ部じゃないから分からないだろうけど、澤井先輩は体育大学にスポーツ推薦も貰ってるうちの部のエースだよ」

「ほう……」

確かにやばそうだ。俺が頷《うなず》いたところで、他のメンバー一人が早速俺に噛《か》み付《つ》いてきた。

「だから鏡、素人のお前が出しゃばって足引っ張んなよ」

「……せっかくなんだから楽しませてくれよ松田」

「石田だ」

あ、間違えたごめん。

「まあまあ、鏡もきっと活躍してくれるさ。運動できそうだし」

たかはらぁ。お前もしかしていいやつか？

ちなみにだが、先程から話していて、今回のチームに俺のアンチメンバーが一人いることが分かった。

石田だ。

それ以外の田中と高原と田中は、そこまで俺を嫌っている訳ではないらしい。

ただ、高原は善悪の判断がだいぶ自分基準に寄っているため、場合によっては無垢《むく》な俺キラーに化ける。

さらに俺を嫌ってる石田は、うちのチームで一番バスケがうまいと来た。

となると自然とボールが集まるだろうから、石田の采配次第では俺を好きにできる。

はあ。せっかくやるならストレスフリーに楽しみたいのに、うまくいかないものだ。

その後いくらか話し合いをした後、実際に練習を始めることにする。少し前から、体育館のもう半面を使って既に女子がバスケの練習を始めていた。

今はパスラン……文字通り、走りながらパスを回す練習をしている。

秋本とチーナも二人でやっているのだが、うまい。秋本は女バスだから分かるとして、チーナも相当運動神経がいいらしい。

それは昨日基地での練習で見ていても分かった。

「おい鏡、女子ばっか見てないで始めるぞ」

「わーってるよ細井！」

「石田だ！」

お前ら三人似すぎててわっかんねぇよ……。

とりあえず俺達も練習を開始。

レイアップや対面シュート、スクエアパスなど練習を続けていたが、一通り終えたあたりで、一旦休憩を入れる。

今からどうする……っという高原達の相談を小耳に入れつつ、壁際に座って一人でスポドリを腹に流し込んでいると、

「おーい、高原くーん」

体育館の反対から、秋本が高原を呼ぶ声がした。

どうやら女子も一旦練習を切っているらしい。どうしたんだろうか。

「どうしたんだ秋本」

高原が秋本のところにかけていく。

そのまま体育館の中心で少し話をした後、高原が俺たちを振り返って言った。

「みんな！　今から男女で試合形式をするぞ！」

なかなかに衝撃的な提案。

確かに、男子だけではどうしても人数が足りず、実践的な練習は難しい。

だが男子対女子というのも練習になるのだろうか。そう思いつつも合流して話を聞くと、どうも男女混合でチームを作って試合をしようという話だった。

まあ秋本の発案なら、そこら辺も考えていて当然か。

そうなると気になるのはチームメンバー。そこは秋本と高原が相談し、このように決定した。

Ａ：秋本、チーナ、俺、細井、女子１
Ｂ：女子２、女子３、高原、石田、松田

グリフィン○────ル！

これは非常にやり易《やす》い。どうせ試合するなら楽しみたいからな。

よくやったぞ秋本。

ちなみに男子勢の名前は流石に覚えた。

「男子は女子に触れるの禁止ね！　それと、女子が取ったポイントは一・五倍するから、よろしく」

活《い》き活《い》きとレギュレーションを説明する秋本。

「よっし！　俺にボール集めろ！　全部決めてやる！」

意気込む石田。

『ヨリ！　よろしく』

『ああ、頼むな』

チームで軽く挨拶を交わして、練習試合が始まった。

◆

結果として、俺たちは僅差で勝った。

俺が徹底的に石田をマークしてやったら案外勝てた。

やはり秋本とチーナがうまい。女子には女子しか触れないとなると、うまい女子にパスを回せば止まらなくなる。

まあ俺の活躍としては地味だったが、石田が敵側だったことを考えれば大金星だろう。

今は試合直後。そのままコートに残って試合の反省を始めるところだ。

「鏡くんうまいねぇ！　やっぱり君を選んで正解だったよ！　うん」

「恐縮です、監督」

秋本が腕を組んで満足気にうんうんと頷いてくるので、俺も適当に乗ってやる。

『すごいねヨリ！　結構身長差ある人を抑えてた！』

『もっとでかいやつといつもやってるからな。チーナもめちゃくちゃ点取ってたじゃねえか』

そんな感じで俺たちのチームはお互いを褒め合う。

その中でも、俺を称《たた》える声が比較的多かった気がする。

海水浴以降アンチ組とはなんだかギクシャクしているが、それ以外の中立組は普通に接してくれるようになった。

あの時、俺が切れたのが良かったのだろうか。割と我慢し続けていた俺に若干ヤキモキしていたのかもしれない。

何にしても、幾分過ごしやすくなっていい。

だが、今俺がよいしょされている事が気に食わない男……石田が、声を上げた。

「おいおい、鏡は大して点取ってねえじゃねえか。クリスや秋本が活躍しただけだ。調子に乗ってんじゃねえぞ！」

「乗ってねえよ。それにお前も言うほど得点してないと思うんだが？」

「女子が多くて攻めにくかっただけだ」

思わずため息が漏れる。

最近やっと佐々木が大人しくなったというのに、また面倒なやつが現れた。

ままならないもんだなあ。

「何なに石田くん、負け惜しみ？」

そこへ、秋本が冗談めかして口を出す。

本人としては責める気は全くないのだろうが、その言葉は石田に効く。

「なっ……。くそ。おい鏡、本番でお前にはボール回さねえからな！」

体は大きいくせに、随分と小さい石田の発言を残して、今日の練習は切り上げられた。

◆

土曜日。

今日はチーナ、アンジーと共にいつものショッピングモールに向かっていた。もちろんアンジーの運転する車でだ。

日本で一ヵ月過ごしたチーナにはいろいろと足りない物も出てきたし、アンジーも久しぶりの日本で買いたい物があるらしい。

『でも何で俺まで連れてくんだ？　たまの機会なんだから、親子の親睦深めろよ』

『なに水臭いこと言ってんの。チーナだって、伊織がいた方が楽しいもんね？』

『うん。ヨリがいないと始まらないよ』

俺はガラスを固定する僅かなでっぱりに肘をついてぼーっと外を眺めつつ、すっかり定番になってしまったロシア語で会話をする。

そんな風にしばらく過ごすと、モールに到着した。

見慣れた駐車場に慣れた運転で車が停《と》められ、三人でモールに入る。

だが、今日は少し様子が違っていた。

『人が多くないか？』

そう、今日は普段の週末より随分と人が多い。

注意しておかないと、しょっちゅう肩がぶつかってしまうくらいだ。

何かあるのか？

『今日は年に一番の大セールらしいから、そのせいね』

アンジーはその理由を知っていたようで、人混みをかき分けながら説明してくれた。

なるほど、人が多い訳だ。

『にしても、流石に多すぎね、はぐれちゃわないように気を付けないと……』


はぐれた。


「アンジーのやつ秒ではぐれやがったぁ！　迷子センターの厄介になって、恥かかせてやるわああぁ！」

「三〇代半ばの、アンジェリーナ様。お連れの方がお待ちです」みたいな？

いやいっそ、アンジェリーナちゃんでも面白いかもしれない。

『ヨリ、怒ってるの？』

『……本気じゃねえよ。さあ行こう。アンジーがいなくたって買い物はできる』

はぐれたといっても、俺とチーナは一緒にいる。いなくなったのはアンジーだけで、買い物には支障ない。

迷子になったのは俺たちだって？　違うな、正義は多数にある。

とりあえず時間を無駄にしたくないから歩き出そうとするも、人混みのせいでその歩みはすぐに止まった。

『人が多すぎるな。これじゃ、俺たちもはぐれかねない』

正月の神社とまでは言わないが、かなりの人の多さだ。

はぐれないように気をつけてたんじゃ、まともに移動もできない。

『どうするかな……』

『手でも繋《つな》ぐ？』

『そうだな。そうすればはぐれなくてんでなに言ってるか分かりませんが？』

驚いてチーナを見ると、少し挑戦的な、それでいて照れているような表情をしていた。

いやそれ、どんな表情よ。

『おいおいチーナ、手繋ぐって本気で……』

『あーいいのかなー？　私ちっちゃいから、はぐれたら合流するの大変だろうなー？』

『おまぇ……く、分かったよ。ほら』

チーナめ、いつの間にそんな悪知恵を習得しやがったのか。

まあこのままだとまともに動けないのも事実。

断れなくなった俺はそう言って投げやりに左手を差し出すと、チーナはしてやったりとほくそ笑み、その手を握ってきた。

恋人繋ぎで。

え？　なんで？　なんで普通に繋がないんだ？　ロシアではこれが普通なのか？

急なことに混乱する俺。そしてその中で、一つの、ある推測が浮かび上がった。

もしかして、チーナは俺の事……。

そんなとんでもない妄想が浮かんでしまい、慌ててチーナの顔を見やると、

『何してるの、早く行こう！』

っと、チーナはさっさと歩き出してしまった。

『ちょっ！　待て待て引っ張るな！』

あれ、さっき何か考えてた気がするけど、まあいいか。

◆

いくつか店を回って、必要な物を買い揃《かそろ》えていく。

アンジーにスマホでメッセージを送ってみたのだが、この人混みだと一日で買い物が済むか分からないので、少し別行動で買い物をするとのこと。

確かに手分けした方が効率的だろう。

俺とチーナは相変わらず手を繋いで行動している。

握る力加減がわからなくなってきた。手が汗ばんでいないか心配だ。常に嫉妬の視線に

晒されて落ち着かない。

そんな俺の心情など露知らず、次はあっち！　っとぐいぐい引っ張っていくチーナ。

まったく、なにがそんなに楽しいのやら。

そんな風にしばらく買い物をしていると、突然チーナがある質問をしてきた。

『ねえ、うちの高校ってアクセサリーとかつけても大丈夫？』

『え？　確かシンプルなやつなら問題ないはずだが。クラスでも何人かつけてるし』

不思議に思いつつもそう答えると、さらに奇妙な事を言ってきた。

『そっか……。ねえヨリ、悪いんだけど、ちょっとあそこで待っててくれない？』

そう言って、店から少し離れた人気《ひとけ》が少ない窓際のベンチを指差すチーナ。

『？？　まあいいけど、一人で大丈夫か？』

『大丈夫だいじょうぶ。いいから待ってて』

そう言って一人でぱたぱたと入って行ったのは、アクセサリーショップ。

先ほどの質問に鑑みると、学校でもつけられるアクセサリーを探しに行ったのだろうか。

一人で見たいのは……まあそんなこともあるだろう。女の子だし。

若干疲れを感じていたこともあり、ちょうどいいのでベンチに腰掛けてチーナを待つ。

バッグからフランス語のハンドブックを取り出し時間を潰していると、一五分ほどでチーナが店から出てきた。

その右手首には、先ほどまでなかったピンクゴールドのチェーンブレスレット。

チェーンの一部が同じくピンクゴールドの細長い湾曲したパーツになっており、シンプルで洒落《しゃれ》ている。

『それ買ったのか？　いいじゃないか、似合ってるぞ』

普段からリアムに「女性を褒めろ」と口すっぱく言われているので、気づいた段階で褒めておく。

といっても、お世辞でもなく本当に似合ってると思ったので自然と言葉は出てきた。

『ありがとう。この前のバイト代で買ったんだよ。それで、その……』

『どうした？』

話しながら、急にもじもじし始めるチーナ。

今日はつくづく変な言動が多いな。一体どうしたんだろうか。

『その……手、出してくれない？』

『ん？　こうか？』

また手でも繋ぐのだろうか。そう思い左手を差し出すと、カチャッ……と、何かがつけられた感触がした。

見ると、くすんだ黒色のブレスレットが俺の左手首に。デザインは……

『おそろい……か？』

よく見ると、金属パーツの部分に猫の柄が彫り込んであり、チーナのものと対になっている。

そう、そのブレスレットは、チーナがつけている物と色違いのペアブレスレットだった。

『ヨリにはいつもお世話になりっぱなしだから、自分でバイトした時には、まずヨリにお礼がしたくって……』

『それで、ペアを？』

『お揃いのものをつけられたら、素敵かなって』

そう言って、照れながら微笑《ほほえ》むチーナ。

初めて会った頃と比べて、俺の前では随分と表情豊かになった。

何だろう。こうやって親しみを示してくれる事が、すごく愛《いと》しいと、感じた。

『ありがとう。嬉しいよ。猫はチーナの趣味か？』

だから俺は、素直な気持ちで礼を言う。

『可愛いでしょ？』

それを聞いて、チーナも嬉しそうに微笑んだ。

◆

休みが明けて月曜日。

俺、チーナ、総司、秋本の四人は、いつものように総司の席の周りで昼食を摂っていた。

総司と秋本は手作り弁当。

俺とチーナは相変わらずコンビニの弁当……ではなく、今日はアンジーの手作り弁当だ。

ああ見えてアンジーは料理ができる。

こっちに帰ってる時くらい母親らしい事をしたいと言って、最近持たせてくれるのだ。

世話を焼いて俺の分まで作ってくれるのは、素直にありがたい。

だがアンジーよ、いい加減お土産を消費しようとするのをやめろ。ドレッシングの代わりにマーマイトをかけるな。食えん。

普通に弁当は美味しいのに、毎日適度にちりばめられている地雷に苦戦する俺とチーナ。

今日も慎重に食べ進めていると、不意に秋本が口を開いた。

「あれ⁉　鏡くんとチーナちゃん、よく見たらお揃いのブレスレットしてる！」

そう、俺とチーナがペアブレスレットをつけていることに気がついたのだ。

こういうところ、やはり女子は目ざとい。いや、総司はどうせ気づいてたんだろうけど。

「まあ……な、チーナがバイト代でプレゼントしてくれたんだよ。普段の礼にって」

嘘をつく意味もないので簡潔に答えておくが、へぇ～っと目をキラキラさせて見てくる秋本は明らかに色々問いただしたい様子。

実は朝から似たような視線をクラス中からずっと感じているのだ。

そんな秋本の興味にあえて気付かない振りをしていると、今度は総司が横槍《よこやり》を入れてきた。

「……落ちはあるんだろうな？　もし惚気話《のろけ》で終わったら承知しないぞ？」

「落ちは無いし惚気けてねえよ！」

『何の話？』

『んんん秋本がブレスレット可愛いねって言ってる……』

こんな僕らは仲良し四人組☆

今日も殺伐と食事に勤《いそ》しむ。

そこでふと、俺はある事が気になって総司に話を振った。

「なあ総司？　三年の澤井って知ってるか？」

バスケ部の連中がやばいと言っていた澤井について、本当に突然聞きたくなったのだ。

虫の知らせか？

まあ日常会話の切り口なんてそんな下らないきっかけばかりだし、話題提供にはピッタリだろう。

「澤井？　そんなやつ知らんな。バスケ部の話なら秋本に聞けよ」

「知ってんじゃねぇか！　素直に教えろ」

話題提供何それ食えんの？　とでも言うように流そうとする総司。

だがこいつは、常日頃から人を煽《あお》れるように有名人の情報収集には余念が無い。

この手の事は総司に聞けって教科書にも書いてある。知らないはずが無い。

そんな俺の表情を見て、観念したのか面倒そうに教えてくれた。

「はぁ……三年二組澤井大輔《だいすけ》。バスケ部のエースで相当女にモテる。その分、女癖が悪い。今までに泣かせた女は八人と……」

「待った待った待った！　叩いたら予想外に埃《ほこり》が出てきたちょっとストップ！」

予想の五〇〇〇倍ヘビーな話に発展してしまい焦る俺。

なんだよ、ただ単にバスケ上手い先輩じゃ終わらねえのかよ。

ていうかこの学校民度低すぎないか？　まともなやつがいねぇ！

「そう言えば、私もしつこく声かけられた時があるんだよね」

同じバスケ部である秋本が憂鬱そうに発言する。

確かに秋本は可愛いし、同じ部活というだけあって声はかけやすいだろうな。

今の雰囲気からして断ったのだろうが、澤井先輩ってモテるんじゃないのか？

少し気になったので聞いてみる。

「秋本は澤井ってやつがカッコイイとか思わなかったのか？　人気あるんだろ？」

「あの人は背が高いだけだよ。筋肉だって、鏡くんに比べたら脂肪だよ」

「筋肉が脂肪ってどないやねん……」

そういや秋本は筋肉フェチだった。

かわいそうな澤井さん。アーメン。

「あの人は可愛い子にはすぐ声をかけてくるから、チーナちゃんも気をつけてね」

話の流れでチーナに話を振る秋本。

その声音には、本気で心配している雰囲気が滲《にじ》み出《で》ていた。

秋本は優しいのだ。筋肉フェチだけど。

『秋本が、澤井って先輩のナンパに気をつけろってさ』

『サワイ？　分かった。気をつける』

チーナに通訳してやりながら、弁当の残りをやっつける。

やべ！　マーマイト食っちまったまっず！

俺が劇物をお茶で流し込んでいると、にわかに教室が騒がしくなった。誰か来たようだ。

詩織か？　またあいつなのか？　もう食う場所変えようか。

そんな考えが頭に浮かんだが、それは杞憂《きゆう》だった。入ってきたのは男だったのだ。

一九〇センチは超えてそうなひょろっとした長身に、染めた茶髪。軽薄そうな表情。彼についてきたのであろう、廊下から覗く各学年の女子勢。

そこまで読み取った時、ふと別の候補が頭に浮かんだ。


いやいやまさか、そんなタイムリーな……


「さ、澤井先輩じゃないっすか！　ちっす！」

石田が頭を下げていた。

確定ですやん。こいつが澤井か……。

そんな澤井は、誰か捜しているかのように教室をキョロキョロ見回すと、俺たちの方に目を留めて、嘘くさくニコニコしながら近づいてきた。

やっべ、これめんどいやつだ。

「やあ、君がクリスティーナだね。廊下で何度か見かけてたんだけど、あまりに可愛かったから、一度話がしたかったんだよね」

そう言って近くの椅子に腰を下ろすサワーイ先輩。

明らかにチーナへのナンパ目的だ。

いくらなんでもフラグ回収が早すぎるだろ……。

口調がキザすぎて、デカい身長とのミスマッチ感が凄《すご》い。

「えっと、先輩だれですか？」

少しでも意識を逸らそうと俺はすっとぼけた質問を投げかけてみるが、それを聞き流して澤井はチーナに話しかけ続けた。

「俺は澤井大輔。ねえクリスティーナ、早速で悪いけど週末どこかデートに行かない？最近できた遊園地とかさ」

「えっと、その……こんにちは」

相変わらず嚙み合わない会話。ちょっと聞いてて面白い。

だが流石は陽キャといったところか、安っぽい笑みを張り付かせながら、その後もしばらくチーナに話しかけている。

だがその瞳には、隠しきれない劣情が宿っていた。

こいつも所詮、ただの面食いだ。正直佐々木より気に食わない。

あれはあれで一生懸命やっていたのにこいつときたら、どうせ自分のものになるから余裕、とでもいうような顔をしている。

俺は澤井を止めるため、再度口を開いた。

「澤井先輩。チーナが困ってるんでそろそろやめてもらっていいすかね？」

「困ってるって、ただデートに誘ってるだけじゃないか。だから邪魔しないでもらえるかい？　ていうか、君はクリスティーナのなんなんだい？」

その返しに、思わず言葉に詰まってしまう。

友達……隣人？　いやいや保護者？

どれも微妙だし、どれを選んでも反撃を許す。

いっその事、こいび……

「それはですねぇ」

俺の頭がフリーズしかけていたところに、総司が口を挟んできた。

まさか総司、手伝ってくれ……うわあニヤニヤしてるぅ。これやばいやつだ。

「こいつらの手、見てくださいよ。これがどういう意味か、分かるっすよね？」

そう言って総司はチーナの手首を指差した。

その先にはもちろん、俺とお揃いのブレスレット。

これがどういう意味……ってやめろそうじいいいぃ！

「なん……だと」

「待て先輩誤解だ！　いや陰謀だ騙《だま》されるな！」

驚愕《きょうがく》の表情をしている澤井に慌てて再考を促す。

ってか、そんなに驚かなくても良くないか？　傷つくよ俺？

「ちなみにですね先輩、こいつ、クラスマッチでバスケに出るんすよぉ」

ウッキウキな子供みたいな表情で追い打ちをかける総司。

だめだ詰んだ。完全にロックオンされた。

それを聞いた澤井は、俺を値踏みするような不快な目を向けて、俺に名前を尋ねた。

「君、名前は？」

「清水そう……」

「鏡ですよ先輩？」

なすりつけ失敗。

にしても、俺の名前を聞いてどうしようというのか。そんな疑問を持ちながら、澤井が続ける言葉を聞く。

「なるほどね。それじゃあ鏡くん、クラスマッチで僕と……」

そこまで聞いて、なぜか凄《すさ》まじい寒気がした。

もしも、もしもあのセリフを言われたら、俺は卒倒するかもしれない！

「僕と、クリスティーナを賭けて勝負しよう」

「うぷ、おぇぇ」

破壊力、マーマイトの五倍。

◆

クラスマッチは、木金二日間にわたって開催される。

初日の今日行われるのは、男女バスケットボール、野球、女子卓球。二日目は、男女バレーボール、サッカー、ソフトボールだ。

各競技はトーナメント形式、抽選は朝のうちに行われた。

俺たちのクラスは順調に勝ち進み、男女共々バスケットボール決勝へと駒を進めている。

そして今俺は、一人でリング相手にアップをしているところだ。

決勝の相手は三年二組……澤井のクラス。

あの日澤井は、俺にチーナを賭けて勝負を仕掛けてきた。

もちろん俺はすぐに拒否したし、まともに取り合うつもりも無い。

だが澤井の連れていた女共や、総司や総司や総司のせいで、俺たちが勝負をしてるという噂《うわさ》がかなり広まってしまっているらしいのだ。

チーナに説明して断ってもらおうにも、さっさと澤井は帰ってしまうし……。

その鬱憤を晴らすように、ダムダムと目一杯ボールを床に叩きつける。

『ヨリ、ごめんね。私のせいで大事《おおごと》になっちゃって』

『気にすんなよ。ていうかお前も被害者なんだし、たとえ負けても何とかするさ』

壁際に体育座りして先程から俺の様子を見ていたチーナが、申し訳無さそうに言ってくる。

無論チーナが悪い訳では無いのでそう返しつつ、俺はシュート練を再開した。

その時だった、

「「「きゃー!!　澤井くーん!!」」」

「「「澤井センパーイ!!」」」

体育館内に、反吐《へど》が出るような黄色い声援が響き渡った。もう一度言おう、反吐が出そうだ。

何だ？

声を上げたのは二階の見学通路にいる女子の面々。

その理由はもちろん……澤井の入場だ。

「やあみんな！　今日も俺のプレー楽しんでくれよ！」

ファンサービスよろしく声援に応える澤井に、さらに白熱するオーディエンス。

「鏡に負けないでねぇ‼」

「やっちゃえ澤井くん‼」

「やっちゃえ澤井先輩‼」

やっちゃえバーサ○カーみたく言うんじゃねえええ！！！

イ○ヤを馬鹿にするというのなら、俺だけじゃなく作者も許さんぞおおお！！！！

あれ、作者って何だ？

俺が無神経な観客に対して律儀に腹を立てていると、澤井が大声で俺にメッセージを飛ばしてきた。

「鏡！　いるかい！　今日はお互い全力を出して、いい試合をしよう！」

うっわ、きもっ。

澤井のせいで衆目に晒される俺。

はあああああああああぁ。

盛大なため息をついたところで、決勝戦開始の時間になった。

◆

試合開始。

クラスマッチでは一クォーター一〇分の、第二クォーターまで行われる。

まず第一クォーター。

これは実際のところ、澤井の大暴れだった。

「ほらほら！　ちゃんとディフェンスしないと負けるよ！」

一〇点、一六点と得点を上げていく澤井。

確かに……強い。身長だけなら米軍の奴らにも劣らない。

その恵まれたフィジカルにものを言わせたパワープレイで、ディフェンスを易々と突破してゴールに迫る。

また、得点された。

「きゃー澤井くん！　さすがー！」

「いえーい澤井せんぱい！　鏡なんか敵じゃないわ！」

得点する度に、澤井を喜ばせるような声援を送る女狐《めぎつね》たち。

くっそ腹立つ‼　最近初めて知った鏡さんを、よくそんなに貶《けな》せますねえ⁉

そして俺の苛立ちを掻《か》き立《た》てている要因がもう一つ。

俺にボールが回ってこないことだ。

作戦では、まずうちのチーム一番の実力者である石田にボールが集められる。

そのまま石田が決められればそれでいいし、難しいなら他に託す。

その中で先日の宣言通り、石田が頑《かたく》なに俺にパスを回してこないのだ。

守りに専念しようにも、そもそもディフェンスなんて普段そんなにやっていない。

体格の良《い》い奴の相手をし慣れてるってだけで、特段守りが得意ってわけじゃない。

むしろ、我の強い筋肉ダルマ共との得点合戦で鍛えた攻めの方が好きだ。

ていうか、何で律儀に指示守ってんだ俺。勝手に暴れてよくないか？

だがここで勝手やらかしたら、最近築きつつある信用をある程度犠牲にしてしまうかもしれない。

モヤモヤ葛藤していると、第一クォーター終了のサイレンが鳴った。

現在の得点は、一四対二二。

石田も頑張ってはいるが、ディフェンスにうまく止められている。

それでもうっかり俺にボールを回さないあたり、さすがのプライドだ。

今から二分の休憩を挟んだ後、第二クォーターが始まる。その貴重な休憩時間に、ついに俺は石田に噛み付いた。

「おい石田！　ボール俺にも回せ！」

正直フラストレーションＭＡＸだ。これ以上お預けを食らうと、俺が狂戦士になってしまう。

だがそんな俺の怒りに対して、奴のプライドは相変わらずである。

「は？　お前は今まで通りテキトーに守りやってりゃ良いんだよ！　クリス賭けてるからって、好き勝手するんじゃねぇ！」

「賭けてねえし好き勝手やってるのはお前だろ！」

「鏡。悪いけどここは、バスケ部同士のチームワークに任せてくれないか？」

何とここに、高原も加勢してきた。

言ってることはまともっぽいけど、それ言外に俺を仲間じゃないって言ってないか？

相変わらず響く澤井を称える声。話を聞かないチームメート。俺を敵視する石田と澤井。

こめかみに青筋が立つ。

ビーッと、後半戦開始のサイレンが鳴った。

また一〇分間、耐えなければならないのか。

いや、それが終わっても、負けてしまったら……

第二クォーターはこちらスタート。

高原がボールを持って動き始めようとしているのを、無気力にボーッと眺める……その時だった。

「「「いおりいいいいいいいぃ!!　ごおおおふぉおおおおぉいいいいっっと！！！」」」

体育館に、爆音が響いた。

澤井の応援団なんて簡単にかき消してしまうほどの、声援というにはあまりに力任せな轟音。

その原因は、観覧通路に並び立つ見慣れた筋肉ダルマの集団だった。

「伊織いい‼　なあに我慢しちゃってんのよお‼　いつもみたく大暴れしなさいよ‼」

中心に立つのはアンジー。

「ヨリ、ガンバレー‼」

その横にはチーナ。必死に声を上げて俺に声援を送っている。

今俺は間違いなく、世界で一番応援されている。

「くっそ……やるしかなくなったじゃねえか。バカどもが」

その言葉が漏れた俺の唇は、総司もびっくりなほど不敵に歪《ゆが》んでいるのだろう。

まったくあいつらときたら、勤務中じゃねえのか？　バカやろう。

「は、始めるぞ！　ほら石田！」

ショックから立ち直った高原がパスを出す。

だが、そのパスが石田に渡ることは無かった。

「悪いな、もらうぞ！」

「な、かがみ⁉」

俺が奪ったからだ。

まさかの味方によるパスカット。予測できた者などいるはずもない。

驚く九人の選手を、俺はやすやすとドリブルで通過。勢いそのままに俺は飛び上がって、ボールをリングに叩きつける。

バスケにおいて最も目立てる技、ダンクシュート。


だああああぁん！


ボールが叩きつけられる音と共に、俺は着地して振り返る。

そして、それを見て唖然《あぜん》としている阿呆《あほう》どもに俺は手招きしながら、思いっきり冷徹な笑みを浮かべて言い放つ。

「へえええいマぁぁザふぁぁッかああああああぁ！！！ Bring it!!! ブリンギいいいいいいいいっつっつっト！！！！！」

撤退クソくらえ！！！

　ああ、気持ちいいいい！！！

「「「Yeah あああああああああぁ！！！！」」」


　俺の叫びに呼応して、野郎どものバカ騒ぎが館内に響く。

　チーナも叫んでいる。あんな楽しそうな顔、初めて見るかもしれない。

　ああそうだ、これでいい。これが俺のスタイルだ。バスケのプレーではなく、こうやってバカみたいに叫んで、バカみたいに暴れることが。

　後の事なんてどうにでもなる。今は、ストレスフリーに楽しむだけだ。

　我慢していた分、しっかり遊ばせて貰うぜ！


「くそ！　偶然だ！　いいから攻めるぞ！」


　呆気《あっけ》に取られていた澤井が顔を真っ赤にしてボールを手に取る。

　あほか。偶然でダンクが決まるかよ。

　先程までの機嫌の良さが一転、明らかに頭に来た様子で、ドリブルしながら突っ込んでいく澤井。

　だが、そんな苛立ちに任せた適当なドリブル、奪ってくれと言っているようなものだ。

　即行で追いついて、一瞬で分捕る。


「くそっ！」

「偶然だよ！　じゃあな！」

飄々《ひょうひょう》と突き放してまたリングに叩き込む。

沸き上がる歓声。

「いいぞー鏡くん！　輝いてるよ！」

秋本も楽しげに声を上げてくれる。

「ちょ！　何よあいつ！　生意気！」

「澤井くん！　蹴散らしちゃって！」

「いおりいいいいいぃ！！！　いいぞおおお――――！！！」

澤井応援団の声援は、筋肉ダルマ達の単純な語彙にかき消され、俺には届かない。

「おい鏡！　勝手な事するなって言っただろうが！　はやくディフェンスに集中しろ！」

「うるせぇ！」

石田が俺に怒りの声を向けてくるが知ったことか。

シカトを決め込んで次に備える。

それからはもう、めちゃくちゃだった。

敵味方関係なくボールを奪い取り、相手リングに無茶苦茶に攻めまくる俺。

躍起になって自分で得点しようとする、澤井や石田。

誰にパスを出していいのか分からなくなる敵味方チームメート達。

そんな中また俺がボールをカットし、ドリブルで相手リングを目指す。そのままもう少しでシュート圏内という所まで来た時だった。

「くそ！　いい加減にしろ！」

俺を追いかけていた澤井が、やぶれかぶれに俺の左腕を摑《つか》んだ。

明らかなファール行為。

そんなことで時間を取られるのもアホらしい。

それに、そんな摑み方で止めようなんざ一〇〇年早い！

自分の腕を捻《ひね》り、体の移動を使って力の逃げる方向へさっと振りほどく。

驚くほど簡単に、レフェリーが気づく間もなく、その妨害は突破できた。

そのまま相手ゴール下まで入りレイアップで得点を決める。

「ファールまでして止められないとか。バスケ下手なんじゃないですか？」

「鏡てめぇ……くそ！」

残り時間一五秒。得点は、四〇対四〇。

どちらかが決めればほぼ勝負が決まる。

そんな状況の今、リバウンドを奪ってボールを持っているのは、うちのチームメート。

だがそいつは敵チームに囲まれて身動きが取れなくなっていた。

「俺に回せぇ！」

石田がボールを要求している。

だが正直、この試合で奴の得点率はかなり低く、もう少しで勝てるという時に俺はあいつに任せたくない。

かといって、俺は石田へのパスをカットできる立ち位置にいない。

ここまで来て、負けたくない。

賭けだ、賭けだが、ここで声を上げてボールを回して貰うしかっ！

「おい!! 俺によこせ!! まつだあああぁ！！！」

果たして、その答えは、

「細井だぼけええええぇ！」

その瞬間、俺に向かってボールが飛んできた。

ごめん、ほんとごめん。だがありがとな！

「やめろ！」

澤井が体をぶつけてそのパスをカットしようとする。

だが鍛えた体幹でバンッとそれを跳ね返し、ボールをキャッチ。

そして最後は、きっちりダンクで締めてやった。

ビイイィ！

試合終了の合図。

四二対四〇。俺たちの……いや、俺の勝ちだ。

◆

試合が終わり、女子決勝の待ち時間。

俺はベンチに座って、火照った体を冷ましていた。

『もう、ひやひやしたよ。あのままヨリが何もしないんじゃないかって』

『全くだよ。最初からああしてりゃ良かったんだ』

俺がスポドリを流し込んでいると、チーナが俺の汗を拭いてくれる。

そんな俺たちに嫉妬の目線を向けてくるやつも多いが、試合最多得点の俺にはさすがに口出ししてこない。

『この野次馬の前でボコボコにしたんだ。さすがの澤井も、チーナには手出し出来なくなったろ』

『うん、ありがとう。かっこ……よかったよ』

俺の目を見ながら平然と恥ずかしいセリフを放ってくれるチーナに、俺は赤面してしまう。

運動後だから、顔が赤いのは誤魔化せているだろう。

とはいえ、ほっとしている自分がいるのも確かだった。

いくら澤井が勝手にふっかけてきた勝負とはいえ、負けてしまった場合相当しつこくチーナに迫ってきたはずだ。

「よう鏡。ナイスファイトだったな。めちゃくちゃだったけど」

少し息が整った時、細井が俺に声をかけてきた。最後にパスを回してくれたチームメートだ。

「ああ。ありがとな、最後俺に回してくれて」

「もっと早くこうするべきだったよ。正直石田のワンマンプレーも、面白くなかったからな」

そう言って、細井は顎で後ろを指す。

そこには、項垂《うなだ》れてベンチに座り込む石田がいた。

細井の声が聞こえたのか、くっ！　っと悔しそうに顔を上げこちらを睨《にら》みつけてくる。

「にしてもなんだよあの応援団。びっくりしてコケそうになったぞ」

「あれは……親戚だよ」

「うそつけ」

そう言ってひとしきり笑い合うと、細井は高原達と話をしに行った。

細井と入れ替わるように、多くの男女が俺の周りに集まって来て、口々に褒めてくれる。

「いやあ良かったぜ！　澤井先輩泣きそうになってなかったか？」

「ほんと、あの人嫌いだわ。スカッとしたよ鏡くん！」

そう言って澤井をぶちのめした事を讃《たた》えてくれる。

こんな風に時のヒーローになるのは初めてだ。凄く照れくさい。

やはり一定数澤井が嫌いな人間もいるようで、俺の奇行に賛同してくれている。

ちなみに件《くだん》の澤井の姿は見当たらない。

敗北した途端どこかに隠れたのだろうか？　いい気味だ。

といっても、スポーツ推薦を貰っている程の奴に、本来の実力を出されたら正直厳しかったろう。

女遊びにうつつを抜かしたか、よっぽど冷静さを欠いていたか。

なんにせよ、自業自得だ。

さて……と、

『さ、次はチーナの番だ。今度は俺が応援するから、頑張れよ』

『うん。見てて』

◆

女子バスケットボールの決勝戦は、健闘虚《むな》しく僅差で負けてしまった。

チーナや秋本も獅子《しし》奮迅の活躍だったのだが、腹立たしいことに詩織が抜群にうまい。ダンスをやっていた母の運動神経をしっかり受けつぎ、それを遺憾無く発揮していた。

その結果にチーナは悔しそうにしていたが、それでも全力でやって楽しかったようだ。

そしてクラスマッチ二日目。我がクラスが出場したのはサッカーとソフトボール。

そしてサッカーには総司が出場し、優勝した。

二種目で優勝、一種目で準優勝したうちのクラスは総合優勝。担任の橘《たちばな》先生はほくほく顔だ。

多数の軍人が応援に来た事で俺はクラスメートから質問の嵐を受けたが、父の友人で交流があっただけだと誤魔化しておいた。

現在は全ての競技、閉会式が終了し、オリエンテーションのフォークダンスが始まろうとしているところだ。

陽の傾いたグラウンドの中心に大きなキャンプファイヤーが設置されるその間、まだ相手が見つかっていない男子達が必死に女子を誘っている姿が散見される。

そんな中、俺は……昼寝していた。

グラウンドの端にある芝生にごろ寝し、準備が進むキャンプファイヤーを眺める。

横には総司。奴も同様芝生にゴロリ。日の落ちかけた校庭に吹く風が、顔に当たって気持ちいい。

「そういや総司、お前フォークダンスの相手いんのか？」

よくある高校のフォークダンスは、相手がもともと決められているか、一定時間でローテーションする。

どちらにしても、相手がいなくて踊れない……なんて事にはならない。

だがうちの学校は、踊りたい奴だけ踊るというスタンスだ。相手がいなければ踊らなくていいし、相手がいれば踊ればいい。

自由意思によって選ばれるカップル。

当然、男子の多くは躍起になって相手《ダンス相手》を探す。

そして俺は、もちろん相手は決まっていない。去年もそうだ。

総司も、きっと相手なんて……


「秋本と約束してる」


「そうかそうか……はあああ⁉　お前らそういう関係なの⁉」

あまりの驚きに、ガバッと身を起こす。

そんな俺を、別にそんなんじゃない……っと総司は静かに諭した。

「俺が秋本と踊るのは、踊ってる奴から見下されるのが許せんからだ」

「あぁ、なるほど」

いつも煽る立場の総司は、「え？　踊る相手いないの？」っという視線を受けるのが耐えられないのだろう。

そんな会話をしている最中、

「あ、こんな所にいたー」

『何で隠れてるの？』

秋本とチーナがぱたぱたとこちらにやって来た。

どうしたんだろうか。ていうか、カクレテナイヨ？

「そろそろ始まるから行こう？　清水くん」

「ん？　ああ、行くいく」

なるほど、秋本が総司を呼びに来たのか。

そして秋本の目を見てピンと来たのだが、誘ったのは秋本だ。

お前、筋肉質な総司の腕触りたいだけだろ……。

あの二人、案外お似合いなんじゃないかとふと思う。

連れ立って歩き出す二人を見送って、芝生に腰を下ろすと、チーナも横に座った。

『ねえ、昨日の試合ヨリが勝ったじゃない？　それって、ヨリが私を勝ち取ったって思われるのかな』

不意にそんな事を言い出すチーナ。

なんだ、そんな事を心配していたのか。

『それは大丈夫だろ。みんな、澤井に手を引かせた……くらいに思うんじゃないか？　ご都合解釈は得意そうだしな』

『……そ』

だから俺は安心させるようにそう伝えるが、どうしてだろう。一瞬チーナが不機嫌になった気がする。

『と、とにかく、澤井を黙らせたのは僥倖《ぎょうこう》だ。ラスボス攻略って感じだな』

『ふふっ。ラスボスは詩織さんでしょ？』

そう言って少し笑い合う。

すると不意に、俺の左腕に何かが当たった。

見ると、チーナが少し恥ずかしそうに俺の腕に手を添え、上目遣いで見つめていた。

『う……ど、どうした？』

その破壊力に少し心をやられながらも何とか言葉をかける。

するとチーナは少しモジモジしながら、口を開いた。

『えっと、その……フォークダンス、一緒に踊ろ？』

『え、俺と？』

その内容は、ダンスの誘いだった。

ひょっとしたら……と期待していなかったと言えば嘘になる。一緒に踊るとしたら、チーナがいいとも思っていた。

だが、俺が誘ったのではきっと彼女は断らない。普段世話になっているからと気を遣って。

ヘタレと言えばそれまでだが、チーナの方から誘ってくれることを、少し願っていた。

だから俺は素直に答える。

『いいのか？　俺下手だぞ？』

『リードしてあげる。チークキスみたいに』

そう言って俺たちは、手を取り合って歩き出した。

◆

最近、伊織が学校で明るい。調子に乗っている。

理由は、クリスティーナ・クルニコワ……彼女に間違いない。

転入してきてから伊織はその子を甲斐甲斐《かいがい》しく世話してるし、そうしてる時あいつはすごく楽しそうだ。

今だって、キャンプファイヤーの周りで二人仲良く踊っている。

許せない。

あんなにもお母さんを傷つけておいて、幸せになんてさせない！

お母さんの夢を奪っておいて、どうしてへらへら笑っているの？

お灸《きゅう》を据えておかないと！
そういえば、もう少しで林間学校があったわ。場所は山中にある自然の家。
あそこなら……ふふ。
伊織には少し痛い目を見てもらおうかな。
そういえば、伊織のせいで傷つけられたバカが何人かいたわね。名前は確か、佐々木と
石田。
あの子たちはまだ私の手駒じゃないけど、この手の奴らを操るのは簡単。
うん、うん、いい事思いついちゃった！
悪く思わないでね伊織。
だって、悪いのはあなたなんだから。

四章　林間学校

翌日の土曜日。

クラスマッチの興奮も冷め、いつも通りの休日だ。

これは後《のち》に聞いたことなのだが、あれから澤井《さわい》はというと、前に捨てた女子の何人かが先生に訴えたせいでスポーツ推薦取り消しになったそうだ。やったぜ。

今チーナは、俺の部屋のベッドに寝そべって漫画を読んでいる。

といってもすらすら読める訳ではないので、傍らに座る俺に度々読みや意味を聞いてくる。

『ねえヨリ……ここなんて読むの？』

『ん？　そこは「ウサギがいない⁉」だな。ウサギってのは、Кролик《クローリク》のこと』

日本語を勉強しつつの暇つぶし。今読んでいるのは平仮名の多い漫画なので、比較的読みやすいはずだ。

俺はというと、ベッドの端に腰掛けてフランス語の勉強中。使える言語を増やすのは俺の小さな楽しみだ。

最近はチーナに付きっきりだったりアンジーに振り回されたり忙しかったからな。勉強はできる時にしておきたい。

勉強といえば、前回の定期テスト。詩織《しおり》は相変わらずの学年一位だった。

俺も言語系科目はいつもほぼ満点なのだが、いかんせん理系科目で差をつけられてしまう。

こういう趣味的な勉強の時間をそっちに回せばもう少し伸びるのかもしれないし、いつかやってみてもいいかもしれないな。

今アンジーは、色々な手続きの為《ため》に軍に出勤している。明日にはまた出張に出るため、もろもろの手続きと確認だとか。

最近はアンジーの部屋に三人で集まることが多かったので、こうして俺の部屋にチーナと二人なのは久しぶりな感じがする。

そう思って後ろを見ると、仰向けに寝転がるチーナのシャツが少しめくれて、細い腹部がちらっと覗《のぞ》いていた。

ばっ！　っと慌てて顔を逸《そ》らす。

危ねぇ。最近麻痺《まひ》してきてるけど、女子と同じ部屋にいるって結構やばくないか⁉

速くなる鼓動を抑えつつ、冷静さを取り戻すためにとりあえずチーナに話を振る。

『そ、そういえばチーナ。アンジーがそろそろママって呼んで欲しいってぼやいてたぞ』

『え、ママ？』

チーナはページをめくる手を止め、漫画を小脇に置く。

『まあ心の整理とかあるだろうから難しいだろうけど、アンジーもずっと子供欲しがってたからな……』

それぞれを気遣いつつ話を進める俺、優しい。

『別に心の整理とかは大丈夫だけど、アンジーで落ち着いちゃってるし……』

『え、あぁそうなんだ』

俺も一旦参考書を閉じて、チーナに向き直……へそチラ☆　ぬううぅん無理！

にしても意外だ。てっきり両親を忘れられなくて、心情的にアンジーを母と呼びにくいのだと思っていた。

『ところでその、アンジーが子供欲しいって言ってたならさ……』

すると今度はチーナが、とても聞きにくそうに質問をしてきた。

どうしたんだろう。

『アンジーはさ、ヨリのお父さんが亡くなった時、ヨリを子供にしたいって思ったんじゃないの？』

『あぁ、それか……』

びっくりした。そんな事かと正直思ってしまったが、チーナにとっては勇気を出して聞いた事。ここはしっかりと目を……見れないのでオーラで誠意を示す。

『誘われたよ。私の子にならないかって。でも断った』

『え？　どうして？』

驚いて身を起こすチーナに、今度は俺もちゃんと目を見て話す。

『前に言ったろ？　考えてる事があるって。まだそのための準備中。もう少しでいろいろ揃《そろ》うし、それに……』

『それに？』

『あの時断ってなかったら、チーナがここに来ることもなかったって思うと、後悔はないさ』

そう言って、チーナの頭に手を置く。

『そっか、そうだね』

チーナはそう言って、俺の手に自分の手を重ねてくる。

お揃いのブレスレットが触れ合い、カチャリと音を立てた。

どくんっと心臓が跳ねる。

そのまま一瞬見つめ合っていると、急に恥ずかしくなって、目を逸らしてしまった。

チーナも同様で、慌てて手を離す。

『は、腹減ったな。昼飯食いに行こうぜ』

『そ、そうだね』

◆

一〇月中旬。

チーナが日本に来てから約二ヵ月がたった。

チーナは随分日本語が上達して、簡単な会話ならできるようになってきている。

そうなると、今まで遠慮していた割とまともな連中も興味を持ち始め、休憩時間の今もチーナは数人の男女に話しかけられていた。

といっても入学当初のような無秩序な連中ではないため、俺は近くに控えて困った時に手助けする程度だ。

「へえ。クリスってバスで学校に来てるんだね」

「うん。自転車……は、遠い」

「言葉覚えるまで大変だっただろ？」

「Mm……すぐ慣れた」

考えながらゆっくり話すチーナに、簡単な言葉を選んで話すクラスメート。

うんうん、ちょっと文法間違えることもあるけど、だいたい会話が成立している。

成長したなあ……。

親心のような気持ちを抱きながら、肘をついて見守る俺。

「そういえば、チーナってどの辺りに住んでいるの？」

「ええっと……」

今回の言葉も理解できたようで、ふむーと少し返事を考える。

そして言葉をまとめたチーナは、ゆっくりと喋《しゃべ》り出した。

「ヨリと……同じ家」

「待てチーナあああぁ！」

少しの間違いで大きな波紋を呼ぶ、何ともコスパの良《い》い誤解が緊急発生してしまった。

「え！　鏡《かがみ》お前、仲良いなとは思ってたけどさすがにそれは……」

「違うんだ細井《ほそい》！　同じアパート！　同じアパートな！」

「？？」

満足気なチーナの横で、必死に誤解を解こうとする俺。

そんな慌ただしい時間を過ごしていると、担任の橘《たちばな》先生がガラリと戸を開けて入って来た。

「みなさ〜ん。ロングホームルーム始めますよ〜」

今日は、割と大事な決め事が控えているのだ。

◆

林間学校。

この学校の二年生にとって、最も大きなイベントの一つ。

二泊三日の合宿の間に、登山やカレー作り、天体観測に仮装大会など、各種アクティビティが開催される。

メインイベントは希望者によるスカイダイビングだ。

通常、林間学校でスカイダイビングができる高校なんてまず無い。

しかし林間学校が行われる自然の家の近くにはスカイダイビングの施設があり、そこの経営者とうちの理事長との間には個人的なコネクションがあるらしく、色々と便宜を図って貰《もら》っているようだ。

もちろんスカイダイビングは希望者制で、高所恐怖症がある人などは渓流下りも選択出来る。

『ヨリは、スカイダイビングにするの？』

『当たり前だ！　あんな楽しいアクティビティ、逃す事はできん！』

『じゃあ、私も』

机をくっつけながらチーナが聞いてきたので、俺は力を入れて答える。

ちなみに今、教室は六人ごとのグループで机を合わせて、ある決め事をしようとしている所だった。

この六人組は林間学校における班分けだ。

この班で、スカイダイビングや天体観測を除く、多くのイベントに取り組む事になる。

俺の班は、

俺、高原《たかはら》、細井、チーナ、藤田《ふじた》、宮本《みやもと》の男女三人ずつで構成された。

細井は先日のクラスマッチでチームメートだったあいつだ。名前間違えてごめん。

それと、藤田は身長高めの黒髪メガネ女子、宮本はロリっ子ロングヘアー（推定身長一三九センチ）。

三人とも俺とは普通に接してくれるし、細井とはあれ以来少し仲良くなった。

ちなみにチーナと一緒なのは偶然ではなく、指示が伝わらないことで問題が発生するのを避けるため。

橘先生ナイスやで。

それ以外は全体で男女バランスを取りつつ、くじ引きで決まったメンバーだ。

「それじゃ仮装大会のテーマを話し合おうか」

高原が司会を買って出て、話し合いを始める。

今回決めるのは、仮装大会の服装。

仮装大会といっても、キャンプファイヤーの周りでトリックオアトリート言いながらお菓子を交換する程度のものだ。

ハロウィンが近いから、ついでにやっちゃおうくらいのイベントである。

ただし無秩序になり過ぎないようにとの配慮で、班ごとにテーマを統一し、先生に許可を貰う事になっている。

「じゃあ、誰か提案のある人はいる？」

「はい！　はい！　俺に言わせてくれ！」

意見を募集する高原に、細井が元気よく自己主張。

六人しかいないのに手なんか挙げて、やる気だなぁ。

「じゃあ細井。よろしく」

「ふっふっふ！　俺イチオシのテーマは……」

細井はそう言って腕組みをし、勿体《もったい》ぶりながら発表した。


「俺のテーマは……ケモ耳だ‼」

「……け、けも？」


高原の目が点になっている。いや、藤田や宮本もそうだ。

チーナは意味が分かっていない。まあケモ耳なんて俗語、知るわけないわな。

にしても、ケモ耳かぁ。そういや細井はちょっとオタクな部分があったな。

驚く俺たちに、細井は拳を握り力説し始める。

「そうケモ耳だ！　俺たちの班には可愛《かわい》い女子が三人も揃ってる上に、みんなロングヘアーー！　クリスはネコ、藤田はキツネ、宮本はリス！　こんなにも逸材が集まっているのに、ケモ耳以外の選択肢が有り得るのか！　いや、無い！」

「その場合俺たちはゴリラ、サル、マントヒヒになる訳だが、異論は無いな？」

体育会系三人のケモ耳は、可愛さ余って醜さ一〇〇倍。取れる選択肢はせいぜいサル目《もく》。

キャンプファイヤーの隣で、世界の陰《醜さ》と陽《可愛さ》を体現することになるだろう。

せいぜい、イケメンの高原なら見れなくはない程度か？

そこで声を上げたのは、ロリっ子ＪＫ宮本さん。

見た目に違わず高く可愛らしい声で、小首をかしげながら提案した。

「じゃあ、男子は調教師役するとか？」

「ＰＴＡに突き出されるぞ、先生が」

「ウサギがイナイ⁉」↑チーナ
「覚えた言葉を無理して使わなくてよろしい」

女子を調教する男子の図。三アウトぶっ飛ばしてコールド負けだ。

それとチーナ、ウサギなら俺はやらんぞ？

「なんだよ否定ばっかりして。それなら鏡も意見出せよお」

ちょっと不貞腐《ふてくさ》れる細井。

俺のも正当性のある抗議だと思わないでもないが、まあいいだろう。

俺とて林間学校は楽しみなのだ。仮装のテーマくらい、もちろん考えてある！

「ふっ。いいぜ、俺のテーマは……」

「テーマは？」

さあ、俺の完璧なプランにひれ伏すがいい。

「全員で……ミリコス！」

「かさばる」　←細井
「重くないか？」　←高原
「可愛くなーい」　←宮本
「まだケモ耳のほうがいいわ」　←藤田
「普段着じゃん」　←チーナ

全会一致で否決……クゥン。

◆

結局うちの班は動物の仮装をすることになった。細井の狙い通りである。

ミリコスも名案だったとは思うのだが、女子勢のケモ耳姿を見たくないと言えば嘘《うそ》になる。

だって男の子なんだもの。

という事で、林間学校前々日の土曜日昼過ぎ。俺たちの班は某総合ディスカウントショップに諸々《もろもろ》の買い出しに来ていた。

「じゃあ、先に動物の衣装を買ってからそれぞれ自分の買い物に行こう」

高原が先導して、仮装グッズコーナーへ。

ハロウィン直前という事もあってか、コスプレグッズコーナーがかなり拡大されている。

ドラキュラやカボチャなど定番の衣装から、メイド服、魔法少女なんでもござれ。もちろんケモ耳尻尾も取り揃えてある。

中には聞いたことも無いような動物のものまであった。

「魔法少女もあったかあぁ」

っと悔しそうにする細井。だが既にテーマは先生からの許可を取ってしまった為、変更は出来ない。

ちなみにほかの班のテーマは本番のお楽しみだ。

「あ、私これにしようかな！」

っとカンガルーのコスプレセットを手に取ったのは、ロリっ子ＪＫ宮本さん。

宮本の場合、カンガルーはカンガルーでも袋の中の子供の方が似合いそうだな。

「宮本はカンガルーの子供の方じゃね？」

あ、細井言った。

「ちっちゃいって言うなー！」

「言ってねぇ！　やめろ叩《たた》くな！」

わーわー楽しそうに自らの追加パーツを選ぶ高校生。

意外なのは、なんだかんだ女子勢がアニマルコスを喜んでいるように見えることだ。

男が思うより、女子はそういうのを恥ずかしがらないのかもしれない。

俺とチーナも少し離れたところでその様子を眺めながら、自分用のオーラ◯ザーを選ぶ。

にしても、俺とフュージョンしてプラス効果を得られる動物が思いつかないな。やはりサル目の、ゴリラ、チンパンジー、ヒヒダ◯マあたりか……。

その時、

『ヨリ、これどうかな？』

横からチーナに呼ばれたので、そちらに目を向ける。

そこには、ネコ耳を付けた超絶美少女がこちらを見つめていた。

その正体は、もちろんチーナ。

彼女の髪と同じ綺麗《きれい》な栗色《くりいろ》の大きな耳、ついでにネコの手を模したグローブもつけている彼女は、まるで二次元から出てきたかのよう。

かわいい……だと。

普段からチーナを近くで見ている俺でも、ここまで愛らしく可愛い猫に化けるとは思っていなかった。

『え、ヨリ？』

気づいたら俺は、手を伸ばしてチーナの頭を撫《な》でていた。

『あ、ごめんつい……』

『？？』

チーナに不思議そうな顔で声をかけられ、ハッとして手を離す。

危ない。可愛いはここまで理性を奪うものなのか。

『ところで、どうなの？』

『ああ、似合ってる。誰かさんの意識が飛ぶ程度には』

『そっか。ありがと』

チーナが首を傾けて、微笑《ほほえ》む。やばい、可愛い。

ここまで可愛いなら……あれ、やってもらいたい。

『ひとつ頼みがあるんだけど、両手を顔の前に構えてくれないか？』

『こう……にゃ？』

………SANチェック、失敗20d100です。

◆

みんなでしばらく相談した結果、

高原—カンガルー
細井—アルパカ
俺—ウサギ
チーナ—ネコ
宮本—リス
藤田—キツネ

という采配となった。

女子勢に関しては完全に細井の予告と一致している。流石《さすが》の慧眼《けいがん》といったところか。

男勢は……まあ予想通り似合ってはいないが、お笑い枠としては十分だろう。

ちなみに俺は……負けた。

「ウサギがいない」という言葉を教えた事に後悔を覚えた人間は、恐らく長い歴史で俺一人だろう。

仮装道具を購入した後は、洗面セットや運動着、寝間着など必要な物を買い揃えていく。

そうして買い物が終わる頃にはそこそこ時間がたち、早めの夕食を食べて帰ろうという事になった。

施設内にある大手ハンバーガーショップに入り、各々に購入して席に着く。

少し食べ進んだところで、細井がポテトをつつきながらある事を言い出した。

「そういえば、林間学校二日目の夜は天体観測だろ？　あれって自由なメンバーで観《み》ていいらしいけど、うちの学校でも好きな人と見る文化あるのかね？」

それは、天体観測におけるお決まりのような話題だった。

たしかに漫画などを読んでいると、そういったイベントは定番のように思えるが、実際はどうなのだろうか。

「他の人は知らないけど、私は彼氏と二人で見る予定よ？」

それに答えたのは、なんと藤田。

あまり口数が多い方ではないが、決して無口ではないクール系メガネの藤田さん。

そんな彼女に付き合っている人がいるというのは、申し訳ないが少し意外だった。

「いいよねーさなっちは彼氏いて。いいもん！　私は独り寂しく見るもん！」

藤田の言葉にそう返す宮本。

外見に違わず、仕草もロリっ子。机をパタパタ叩いてむくれっ面。

ちなみにさなっちというのは、藤田早苗《さなえ》のあだ名である。

チーナは会話についていけなくなったのか、先程から頭に疑問符が浮いている。

まあ、後で聞かれたら教えよう。同時通訳や逐次通訳は、通訳される側もある程度慣れていないと会話のテンポが乱れるんだよなぁ。

「まあうちの学校でどうかは知らないけど、男女二人で見るのは、素敵だよね」

「あーあ。俺と見てくれる人、誰かいねえかなぁ」

高原も興味があるようで、細井に限っては……これが本音か。

「そう考えると、鏡はいいよなあ」

「ん？　何が？」

急に俺に振ってきた細井。

今の流れで俺の何がいいのかさっぱり分からないので、素直に聞き返す。

だがその回答は、俺の心を多少掻《か》き回《まわ》すものとなった。

「だって鏡は、クリスと二人で観るんだろ？」

「え……。どう、なんだろ」

◆

「つ、疲れたぁ」

一〇月になり暑さも少しは和らいだ今日この日。俺たちは、山を登っていた。

「もー、なんで途中から徒歩なの⁉　一番いて欲しい時にバスに裏切られたんだけど！」

先程から弱音を吐いているのは宮本。

そう。これは林間学校第一の試練、登山である。

合宿所である少年自然の家は山の中腹より少し高いところにあり、俺たちは山の麓でバスから降ろされ、飲み物やタオル等必要な荷物のみリュックに詰め、そこからは足で合宿所へ向かう。

着替えなどメインの荷物はバスが運んでくれた。

整備された登山道は何本かあるが、いずれも多少荒さが残され、登山の苦難を感じられる様になっている。

現在かなり急な坂を、上から垂らされたロープを頼りに登っているところだ。

時刻は一〇時過ぎ。予定では遅くても一一時過ぎには到着出来る程度の行程らしい。

「林間学校っていうのは、体力を鍛える場でもあるんだ。頑張ろう」

そう言って励ます高原の顔にも、若干疲労の色が見て取れた。

あいつ、運動部の割に意外と体力ないんだな。

見ると、チーナや藤田も辛《つら》そうにしている。まあ女子は無理もないだろう。

細井は高原よりは元気そうだが、息が少し上がっている。

「おーいみんな頑張れ。ゴールは近づいてる」

「お前、速過ぎんだよ！　少しペース落としてくれって言ってんじゃん！」

「え？　まだ速いか？」

かく言う俺は既に坂を登りきり、上からみんなを励ましているところだ。

正直、この程度で音を上げるなんて本当に一〇代か？　と思わないでもない。

一番タイムの速かった班は昼のカレー作りでいい食材が配給される。それを狙おうって言ったのは細井だろうに、情けないな。

「なんでいおりんは、そんなに、元気なのぉ」

息切れしながらも、なんだかんだ大きな声を上げる宮本。いの◯んみたいなあだ名付けるなよ。

分かりました。わたしが勝ったら宮本さんにわたしをお兄さんと呼んでもらうことにしましょう。

「ヨリ……は、運動してる時、元気になる」

「そうみたいね。羨ましいわ」

チーナや藤田に手を貸し全員登りきったところで、一度休憩しようということになった。

「にしても鏡って帰宅部なのに、どうしてそんなに動けるんだよ。実は校外のクラブ入ってるとかか？」

「それは俺も気になってたよ。クラスマッチの時は米軍っぽい人達も来ていたし、鏡って何者なんだい？」

それぞれ飲み物を片手に座り込む中、みんなが痛い質問を投げてきた。

別に特段隠す事でもないのだが、米軍基地内に住んでいると分かると色々聞かれて面倒な事になるかもしれない。

うーんと少し天秤《てんびん》にかけた後、俺は少しだけ話すことにした。

「俺さ、米軍基地で通訳のバイトしてるんだよ。だから軍の人達とは仲がいいし、一緒に体も鍛えてる」

「部外者がバイトなんて出来るの？」

宮本の質問は尤《もっと》もだ。これには素直に答えておこう。

「元々俺の父さんが正規でやってた仕事なんだよ。俺も少し関わってたから、特別にな」

「へぇ、そんなもんなんだ」

俺が米軍基地に住んでいる事は一応伏せておく。

しばし休憩を挟んだ後、立ち上がって登山を再開する。

「きついやつは、荷物持ってやるぞ」

「私おねが～い」

『私も、いい？』

という事で、宮本とチーナ二人分の荷物も持ってやる。

いくら三人分といえども、何十キロもの荷物を背負う行軍訓練に比べればなんということはない。ちなみに藤田の荷物は細井が持った。

女子勢の荷が軽くなったことにより、先程より少しペースを上げて進む。

高原は少ししんどそうだが、何とか付いてきているようだ。

そうやって順調に進んでいると、前方に他の班が見えてきた。

班ごとに少しずつ時間をずらしてスタートしたのだが、前の班に追いついてしまったらしい。

前の班のメンバーは、総司《そうじ》、佐々木《ささき》、石田《いしだ》、秋本《あきもと》、他二名だ。

予想通り、総司と石田以外は結構疲れている。いや、秋本もかなり元気そうだな。

「お、鏡くんにチーナちゃんだ！　速いねさすがだね！」

「あ、ユキ……ＭＭＭ……やっほー」

俺たちに気がついた秋本の挨拶に、チーナが答える。由紀《ゆき》というのは秋本の名前だ。

にしても、俺は「やっほー」なんて挨拶教えていない。秋本だな？　まったく。


「お、おう鏡。速いな」

「三人分も荷物持って、スゴイなー」

「?.?……あぁ。そうか?」

ここで意外にも、石田と佐々木が俺に声をかけてきた。

引きつった顔、ぎこちない言葉遣い。

なんだ？　悪いものでも食ったのか？

そんなことを考えながらも、挨拶されたことには変わりないので、一応返事をしておく。

「そういえば、鏡は天体観測クリスと観るのか？」

その流れで、佐々木が俺に聞いてきた。

こいつ、もしかしてまだチーナの事を狙っているのか？　最近は大人しくなったと思ったのだが……。

「さあ。どうだろうな」

だから俺は、曖昧に答えつつ暗にそうだと伝わるような言葉を選んだ。これなら嘘はついていないし、佐々木への牽制《けんせい》にもなる。

「そ、そうか。楽しめよ」

だがそれに対する佐々木の反応には、相変わらずぎこちないながらも、僅かに安堵《あんど》の色が見えたような気がした。

なんだ、悔しそうにする訳じゃないのか？　分からない。こいつらどうしたんだ？

とはいえ、そんなことは考えてもせんのないこと。

「それじゃ、俺たちは先に行くな」

っと言ってペースを上げた高原について、俺も歩みを速めようとしたその時、誰かが俺の肩を摑《つか》んで耳元で何か囁《ささや》いてきた。

総司だ。

「おい伊織《いおり》。いつものあれ、ちゃんと持ってるな？」

「え？　そりゃまあ……」

確かに、あれは一応常に持っているようにしてるが、何かあるんだろうか。

それを聞き返そうとするも、総司は長話を避けるかのように俺の背中を押し出した。

「ならいい。林間学校だからって忘れるなよ。ほら行け」

◆

「みなさん、登山お疲れ様でしたー」

無事全部の班が自然の家に到着し、現在。

何故《なぜ》か何処《どこ》の合宿施設にもある国旗掲揚台の広場に、五クラス約一五〇名の生徒と一〇人の教師が集まっている。

その全員の注目が集まる中で、橘先生の話が始まったところだ。

「誰も大きな怪我《けが》なく無事に到着出来て安心しています。皆さんよく頑張りました！　それでは、一番タイムの速かった班を発表しますね」

登山を頑張る唯一のメリット。それは、一番早く到着した班はこれから行われるカレー作りで豪華な食材が使える事だ。

期待しててくださいね～、っと橘先生が言っていたので、実はなかなか楽しみにしていたりする。

さて、うちの班は一位になれただろうか。

「一番タイムの速かった班は、一組の第三班です！　はくしゅ～」

「おっしゃあ！」

発表された一組三班とは、まさしく俺たちの班。

思わず喜びの叫びを上げたのは細井。

俺も内心は喜んでいるが、さすがにこの人数の前でよっしゃあは無理だなあ。バスケの時は野獣みたいに叫んだけど……。

とはいえ俺たちは一位。高級食材は頂きだ。

さて、どんな食材をあてがわれるかな？

「そして、お楽しみの豪華食材は……」

……ごくり。

「カレーに使う牛肉が、飛〇牛になります！」

「「カレーに飛〇牛⁉」」

だぎゅう……dぎゅう……ゅう……

直後、学年全員のツッコミがこだました。正直俺も同じ気持ちだ！

せっっっっかくのいい牛肉を、カレーに使ってしまえと言うのか！

所詮カレーなんて、ちょっと安物の肉をぶち込んだって美味《おい》しくなる魔法の料理。なんならちょっと固いくらいの肉の方が歯ごたえに変化があって俺は好きだ。

それをよもや飛○牛なんて……カレーにぶち込んだら味わかんねぇし、高級にするなら米とかカレー粉だろ！

橘先生、ゲームやらせたら絶対ステータス極振りするタイプだわ。ひどら～。

ここで隣に座るチーナが、俺のジャージをクイクイッと引っ張る。

『ヨリ、ひ……らぎゅう？　ってなに？』

相変わらず小首を傾《かし》げる仕草が似合う彼女に、俺はため息まじりに答えた。

『日本のブランド牛だよ。先生は何考えてんのかね』

『え、いいお肉なのに嬉《うれ》しくないの？』

『その気持ちは……ほら、今から細井が代弁する』

そして俺が指さした先で、耐えられなくなった細井がばっと立ち上がった。

「せんせえわかってねえよォ！」

拳を握って熱く言葉を紡ぐ細井。あいつ力説するの好きだなぁ。

「一つだけいい食材使っても、カレー様の下ではみな平等！　ただ円環の理《ことわり》の一部になっちまうだけなんすよ！」

「だ、大丈夫です！　いいお肉は、カレー様の下でもしっかり自分の力を発揮してくれます！　理に飲み込まれても、ほ○らちゃんがきっと引きずり下ろしてくれます！　信じてください！」

◆

野外にある調理場。

登山を終えて休憩が取られた後、いよいよカレー作りが始まった。

俺の担当は……火。

まあ得意分野を活《い》かすというなら、サバイバル訓練も受けている俺にとってこれが最適解だろう。

「いおりんは調理担当じゃないの？　海軍カレー作れそう」

というのは宮本の意見。

だが……

「海軍カレーの海軍は旧日本海軍のことだ。米海軍でカレーライスは作らん」

というのが事実。

実際俺のカレー技術はパンピー程度。調理よりこちらの方が活躍できるだろう。

火の番くらい俺一人で十分なので、他の五人にはフルに調理に回ってもらう。

ちなみに高校生の野外炊飯ということで、火起こしや調理手順の指導は無く、各班事前に調べて準備しておくようにとのお達しだった。

そうなると、普通の班は火起こしにも二、三人必要になるだろうな。

俺はナイフで細い薪を削《そ》いでフェザースティックを作り、マッチで着火。

火がついたところで細い木から載せていき、最終的に太い薪に火が移ったところで、滞りなく焚《た》き火《び》が完成した。

マッチが支給されている分、俺にとってはイージーゲーム。たとえ道具が一切支給されなくても、摩擦式で着火できたと思う。

早々に仕事が終わり後は火を絶やさないようにするだけになった俺は、ボーッと火を眺めて過ごす。

「なんでだ！　なんでつかないんだ！」

っと言う叫びが至る所から聞こえてきた。

まぁ火起こしは慣れが大きい分、いくら調べてきても上手くいくかは別問題だ。がんばえ〜。

途中秋本や他の知り合いがアドバイスを求めてきたので、その都度やり方を教えてやる。

だが意外なことに、石田も俺に教えを乞うてきた。登山の時同様、ぎこちない様子で俺に頼む石田。

クラスマッチの後からはずっと俺に関わらないようにしていたあいつが、合宿が始まってから妙に接触してくる。

だがシカトするのも感じが悪いので、簡単にコツだけ教えてやると、大人しく帰って行った。

いったいなんだというのだろうか。分からん。

『もう火ついたんだね。さすが』

石田を見送っていると、チーナが様子を見に来た。

『そっちの調理は終わったのか？』

『もう少しで終わるから、様子見てきてくれって』

『そうか、早いな』

予想ではもう少しかかると思っていた。

うちの班は優秀なのか？

俺の近くまで歩いてきて、そのまま隣にしゃがみこむチーナ。

『そういえばヨリって、星に詳しかったりする？』

一緒に火を見つめていると、不意に彼女がそんなことを聞いてきた。

星というワードに少しビクッとすると同時に、「クリスと二人で観るんだろ？」っという細井の言葉が頭に浮かんだ。

あれが関係あるかは分からないが、ここで見栄《みえ》を張っても仕方がない。

『いいや、全然知らない。あ、オリオン座くらいなら分かるぞ』

『そっか』

正直にそう話すと、チーナがなんだか微妙な反応を示す。

期待が外れた……っという様な表情をしている。なにか考えていたのだろうか。

少し考えた後、意を決したように再度口を開くチーナ。

『と、ところでヨリ、明日の……』

「おーい、こっち準備できたぞー」

しかしその言葉は、細井達が鍋を持って来た声によって遮られる。

「あれクリス、何か話してたのか？」

「……なんでもない」

「え、どしたの怖い顔して」

細井に対してジト目を向けるチーナ。何か機嫌でも損ねたのだろうか。

「と、とりあえず、カレーを作ろう。腹減ってきた」

「そ、そうだな。そうしようぜ」

変な空気になる前に俺はそう提案し、カレー作りを再開する。

◆

そして出来上がったカレーは……先生、ありがとう。

美味しいカレーを食した後は、風呂まで自由行動。仮装大会はさらにその後、初日のスケジュールの最後に組み込まれている。

俺はまだ腹が減っていたので、売店でコーヒーと焼きそばパンを購入し、店の前のベンチで一人で食っていた。

昼飯を摂《と》った直後でどうして腹が減っているかというと、普通に足りなかったからだ。野外炊飯というのはそんなに量が作れるものではないし、女子ですら運動して腹が減っていたのか、普通に男子と同じ程食べていた。

そんな量で大食漢の俺が満足できるはずもなく、こうして間食をしているという次第だ。

のんびりとパンを齧《かじ》りながらスマホを開くと、総司からメッセージが届いていた。

ざっと目を通して、思わず眉をひそめる。喜ばしいような、ムカつくような、そんな内容だった。

メッセージを読み終わり、スマホを置いて空を見上げる。

いよいよ、かもしれないな。

俺はベンチにもたれ掛かりながら、一人考えにふける。

この事は、チーナにも話しておかないといけない。

そう思った時、

『やっぱりここにいた』

聞きなれた声がして顔を下ろすと、ジャージ姿のチーナが上着のポッケに手を入れてこちらに近づいて来ていた。

クールな歩き方も様になっている彼女は、先程までポニーテールにまとめていた髪を解いて、いつものロングヘアに戻っている。

『よくここが分かったな』

『ヨリがお昼ご飯あれだけで足りるわけないもんね。お腹空《なか》いてるだろうなって』

そう言いながら、俺の隣に腰掛けるチーナ。長いベンチで余裕があるのに、わざわざ肩と肩が触れるほど近くに座ってくる。

ドキリと心臓がはねる音がした。

少し首を回せば、チーナの頭が目と鼻の先に。身長差のせいでよく見える栗色の髪は、相変わらず細くて綺麗だ。

そうやって見とれていると、不意にチーナがこちらを向いて口を開いた。

至近距離で目が合うが、それを逸らすことはしない。

『何か考え事してたの？』

『え？　あぁ、その事なんだけど……』

ちょうどよくきっかけを作って貰ったので、俺は彼女に事情の説明を始める。

心苦しさはあるが、チーナに実害が及ばないとも限らないので、話しておかなければならないだろう。

『……という事なんだ。ごめんな、俺の事情のせいで迷惑かけるかもしれない』

『何言ってるの。私だけ輪の外なんて許さないから』

そう言う彼女の瞳には、やる気がメラメラと燃えていた。

手伝わせるつもりはないんだけどな……。

だが不安に感じている様子はないので、ひとまず安心だ。起こるかも分からない問題のせいで、林間学校の楽しさが薄れてしまうのは勿体ないからな。

『まあそういう事だから、極力一人では行動しないでくれ。呼んで貰ったらすぐ行くからさ』

『分かった。よろしくね』

とりあえずこれで大丈夫だろう。念の為、後であれも渡しておくか。

そうして少し頭を整理していると、チーナがある提案をしてきた。

『ねえヨリ、少し散歩しない？』

『散歩？　そうだな……そうするか』

これ以上考えても仕方ないし、腹ごなしにもちょうどいいので受け入れて立ち上がる。

心地いい山風が吹く中、静かに言葉を交わしながら俺たちは歩き始めた。

『ねぇヨリ、ここは自然が豊かで、凄《すご》く気持ちがいいね』

『ロシアの方が、緑が多いイメージがあるけどな』

『私はずっとモスクワ暮らしだったから、都会しか知らないよ』

『そういえば、そうだったな』

そんな他愛のない事を話していると、風気持ちいいね……っと、チーナが呟《つぶや》いた。

俺もちょうど同じことを感じていたところだ。気持ちを共有しているような気がして、少し嬉しい。

しばらく風を感じながら舗装された通路を歩いていると、池の周りを一周するような散歩道に出た。

木立に囲まれたそこには緑が溢《あふ》れており、降り注ぐ太陽が丁度よく暖かい。

昼寝したらさぞ気持ちがいいだろうな。

『わぁ。きれいだね、ヨリ』

『そうだな』

池を一望できるポイントで一度立ちどまり、俺たちは感想を漏らした。

光がキラキラと反射する湖面を、様々な鳥たちが気持ちよさげに泳いでいる。

そんな光景をしばし眺めていると突然、俺の左手が握られた。そしてすぐさまそれは、恋人繋《つな》ぎへと形を変える。

『ちょ！　おいチーナ？』

『ん？　なあに？』

驚く俺に、チーナはわざとらしくとぼけて見せる。

そのいたずらっぽい微笑みを見て、手を離すという選択肢は俺の頭から吹き飛んでしまった。

まったく、反則だろ……。

『いや……なんでもない。行こう』

『うん♪』

彼女の温《ぬく》もりを手のひらに感じながら散歩を再開。湖の周りを二人でゆっくりと回っていく。

チーナの横顔を覗くと、楽しそうに木々の緑を見つめていた彼女は、俺の視線に気づいたかのようにこちらに目を向けた。

そして、

『そういえば……』

何かを思い出したかのように口を開く。

『ん？　どうした？』

『明日の天体観測、二人で観よう？　私、少し星の事勉強したんだ』

『え、二人で？』

その内容は、明日の夜に行われる天体観測について。カップルで見るだの見ないだの、少し話のタネになっていたものだ。

そのゴシップをチーナが把握しているとは思えないが、やはり気恥ずかしいものがある。

さすがにこれは、ハードル高いんじゃ……

『一人で行動するなって言ったのはヨリでしょ？』

『……分かったよ』

まあ結局、俺はチーナに敵《かな》わないんだけどな。

◆

風呂と夕食を終えて、いよいよ仮装大会。

俺たちは班の男子達と共に、多人数用コテージの一角で仮装用の衣装に着替える。

俺は……ウサギだぴょん……。

「誰だよ俺にウサギ選ばせた奴《やつ》はあぁ！　キエエエエエエアァァァァァシャアベッタアァァァァ!!」

着替えた自分を姿見で確認し、無事に自我を失う俺。

ウサギの手や尻尾、耳を付けて、白のパーカーに白地のカーゴパンツを装備。

今日初めてウサギになりきってよく分かった。俺はどうしようもなく人間だ。

ウサギを名乗るにふさわしい人間は、きっと木組みの家と石畳の街にしかいないだろう。

「ははははは！　いやよく似合ってるぜ鏡！　はぁ、めっちゃかわい……ぶふぉ！」

「笑っちゃ悪いよ細井。鏡だって恥ずかしいんだから」

そんな俺の醜態を見て、バカ笑いする細井となぜか堪え切れてる高原。

正直、これが他人事《ひとごと》だったら俺も絶対に笑う自信があるのに、高原って価値観が常人と真逆の時があるんだよなぁ。

「にしても鏡、ウサギがいいって言ったのはクリスなんだぜ。諦めろよ」

「そこまでは言ってねえ。お前らが勝手に悪ノリしただけだ」

ため息をつきながら再度姿見を見る。

うわぁ、きもぉ。

そういや、昔のパソコンにデフォルトで入ってたエアホッケーのゲームに、こんなきもいウサギいたなぁ。

かく言う細井と高原は、アルパカにカンガルーの衣装だ。

細パカに関しては、アルパカ感を出すためにもっふもふのウールマフラーを巻いている。すごく暑そう。

高ンガルーは……うん、面白くない程度には似合っている。イケメンめ、器用に着こなしおって。

他の班はまだ着替えに時間がかかっている様なので、俺たちは早めに会場へ向かう。

一応トリックオアトリートを言い合う催しなので、皆に配るためのお菓子も用意した。

俺は不思議の国チックなバスケットに、飴《あめ》ちゃんを大量に入れて持っていく。

まあここまできたら、世界観は徹底しておこう。俺はノリと察しがいい男だ。そのはずだ。

陽が落ちた夜の道を、会場に向けて移動。

ザワザワと鳴る葉の音や、頬を撫でる涼しい風が秋の到来を感じさせる。

会場は木々に囲まれた広場になっており、草が丁寧に刈られた中心部に大きなキャンプファイヤーが焚かれていた。

クラスマッチの時より一回り大きいそれは、離れていても熱を感じるほど高く大きな炎を上げている。

まだあまり生徒はいない……まあ俺たちは簡単な衣装だから、早くて当然か。

先生に到着の報告を済ませ、班全員が集まるまで広場端の木の根元で待機する。

一〇分程経《た》ったところで広場にはほとんどの生徒が集まり、今か今かとイベント開始を待つ話し声でそこそこの喧騒《けんそう》になってきた。

まだチーナ達は到着していない。

何かあったのか？　大丈夫か？

心配になってきた俺は、スマホを確認しようとポケットに手を伸ばす。

その時、突然俺の両肩に重みが加わり、耳元で可愛らしい声が囁いた。

『ヨ～リ、お待たせ』

「うお！　びっくりし……かわ！」

驚いて振り返った俺のすぐ目の前には、まっこと完成されたチーナキャットがいた。純白のワンピースに、栗色の猫耳。左右色違いの猫の手をつけ、ワンピースからはまだらの尻尾が伸びている。

安全ピンでも使って固定しているのだろう。

モチーフは、茶トラ猫って所か。

『どーお？　ネコに見える？』

そう言って、顔の前で手をにゃんにゃん振るチーナさん。

買い出しの際の、不完全なネココスとは比にならない可愛さ。

やばい、呼吸の仕方がわからん。今吸った？　吐いた？

あ、細井が崩れ落ちた。あいつダイスロール失敗したな。後でこのきもウサギが正気に戻してやろう。

俺がいつまでもフリーズしていると、チーナが答えを催促するように見つめてきたので、何とか正気度を保ちつつ褒め言葉を紡ぐ。

『だ、大丈夫。本物のネコが嫉妬するくらいその……オシャレキャットだよ』

まあ失敗して意味不明な事言ってるのは無事に黒歴史。

普段の私服ではショートパンツが多いチーナのワンピース姿は、凄く新鮮だ。

猫耳外してハープに手を添えたら、さぞ神秘的な天使に見えるだろう。

『そっか、ありがと。ヨリは……ふっ』

『笑ったな？　今笑ったなチーナ？』

『笑ってない笑ってない。ね、写真撮ろ』

そう言って俺の横に立ち、スマホの内カメでツーショットを撮るチーナ。

「ぬ〜。合流そうそうイチャイチャして〜」

「ん？　何か言ったか宮本」

「なんでもなーいー」

宮本の不満げな声が聞こえた気がしたが、尋ねてもぷいっとされた。

激おこじゃん。なんで？

ちなみに宮本はリスのコスプレだ。

茶色のシャツに茶色のオーバーオール。腰から背中にかけては尻尾としてふっさふさのフェイクファーが貼り付けられ、もちろんリス耳にお手々も装備済み。

さらに、腕組みをしてプーっと頬を膨らませての不満顔。


リスじゃん。


大丈夫か？　それ以上リスとシンクロ率を上げれば、人間に戻れなくなるぞ。

ある意味チーナより似合って見える宮本の次は、藤田に目を向ける。

彼女も、キツネのコスプレを似たような工夫で着こなしていた。

といっても、他二人に比べたら普通にコスプレって感じがする。

よかった。君はヒトの姿を忘れないフレンズなんだね。

「それではみなさーん！　全員集まったようなので、お菓子交換を始めてくださーい！

それと、前半は必ず班全員で行動してくださいね！」

お互いのけもフレ感を確かめあっていると、拡声器からアクティビティ開始の声が響いた。

今から俺たちは六人で広場を練り歩き、目が合った班とポケも……お菓子交換をする。

おい、誰がホル○ドや。二倍の攻撃力でぶん殴るぞ。

◆

お菓子交換が開始され、俺達も移動を開始……出来なかった。

「あの子がクリスティーナか！　か、可愛い！」

「キャーなに！　おっきいリスだ！　え……リスじゃん」

「ぎゃははは！　なんだよ鏡！　きもぉ！」

俺たちが目立ちすぎて、移動せずとも沢山の班が集まって来たからだ。

やっぱり、チーナが一番人気だな。彼女の前には長蛇の列ができ、用意していたお菓子はあっという間に底をつきそうだ。

チーナが持ってきたのは、小分け包装されたお菓子のアソート。

ちなみに、彼女の姿が尊すぎてチーナまでたどり着けず崩れ落ちていた者も多数いた。

そして何気に人気だったのが宮本。

そのクオリティの高さ？に対して、主に女子がわらわらと集まっている。

大きいリスと連呼され、ご満悦なみやもっさん。鼻高々にお菓子を配る姿はとてもちっこい。

まぁ、それで嬉しいんならいいんすけどね。

そして俺はというと、主に男子からの笑いのタネになっていた。

やれ紙兎《かみうさぎ》〇ぺだラビ〇ッだと好き勝手形容しては、爆笑の渦が起こる。おいスーパーバニ〇マンだけはやめろ。せめてティ〇ピーにしてくれ。

だがこんな風に笑いの中心になることは新鮮で、正直悪くない。

三分の一程度が詩織ファンクラブの見下した笑いでなければ、もっと楽しかっただろう。

「ははははは！　いいぞ伊織。過去一で輝いてる」

「やめろ総司。いいカメラで録画するな」

悪魔のような笑みを浮かべながら、俺の黒歴史をきっちり保存しようとするのはもちろん総司。

そのハンディカメラ、絶対暗所対応してるだろ。

ちなみに総司は、赤い血糊《ちのり》がこびり付いた服に、同じく血みどろの鉄パイプを片手に携えていた。

うわぁ、似合うう。

秋本達がゾンビっぽいコスプレをしているから、それに立ち向かう民間人って感じの設定か。

見ると石田や佐々木も、総司と同様に死線をくぐり抜けてそうな格好をしていた。

男女逆にしてやれよ……可哀想《かわいそう》に。

そして広場には俺達の集団の他にもう一つ、同じくらい大きな人だかりが出来ていた。

学年全員がほぼ二分された群勢のもう一つの中心は、おそらく詩織。

聞こえた話によると、かなりクオリティの高いメイド服を着ているらしい。

ま、信者共を引き付けてくれてるっていう点では感謝だな。おかげでこっちは過ごしやすい。

そうやってしばらく渦の中心にいると、先生が再度拡声器で指示を出してきた。

班行動の前半が終了、今からは広場内に限りバラバラに動いてもいいとの事だ。

せっかくテーマを統一しているのである程度は班行動させるが、仲の良い人と記念写真を撮ったりなど出来るよう、配慮もしてくれているらしい。

ちなみに今気づいたのだが、先生達の中でも何人か仮装をしている。

我らが橘先生は、怪獣？　ワニ？の着ぐるみを着ていた。

うん、マスコット感が出てていいと思う。

そしてその頃には群衆もある程度分散し、チーナもやっと解放される。

ヘトヘトになったチーナの足元には、交換した（後半は貢がれた）お菓子が山と入った大きな袋。

『ヨリ～！　疲れたぁ』

その袋をえっちらおっちら運びながら、俺の方に向かってくるチーナ。

こんな駄々っ子みたいな声を出すのは珍しい、相当疲れたんだろうな。

『お疲れ。少し休もう』

とりあえず袋を持ってやり、二人で木の根元に腰掛けて休憩する。

俺も久しぶりに人に囲まれたので、ちょっと疲れた。

ほっと一息ついて、未《いま》だにはしゃいでいる生徒たちを眺めながら雑談を始める。

『今日は楽しかったね』

『なあに言ってんだ。本番は明日のスカイダイビングだろ』

『ヨリ、スカイダイビング好きすぎでしょ』

『チーナはやったことあるのか？　ロシアだとインドアスカイダイビングが有名だったと思うが』

『インドアだけね。私もそれしかやった事ないから、楽しみ』

『怖くないのか？』

『あ、そだ！　トリックオアトリート！』

『脈絡さん⁉』

適当なやり取りをしている途中、突如トリトリしてきたチーナさん。

やれやれ気ままだなあ。ネコだけに。

『まったく……ほれ』

そして俺は、最後まで残しておいたお菓子を手渡した。

それは、チーナの為に特別に用意した物。

『これ……ゼフィールだ』

両手にちょこんと載せて、まじまじと見つめるチーナ。

そう、チーナに用意したのはロシアの人気菓子ゼフィール。マシュマロに似た甘い菓子だ。

『昨日ロシアのアンテナショップに行ってきたんだ。他にもいくつか買ってきたから家で……ってもう食うんかい』

『うん、甘い』

俺が説明してる最中に、既に袋を開けて頬張るチーナ。

やっぱり女の子は甘いものが好きなのか、とても幸せそうだ。喜んで貰えて何よりだな。

『そだ、これはお返し。私も特別に用意したんだよ』

『お、サンキュ』

渡されたのはクッキー。

半透明な柄付きの小袋に入れて針金入りのリボンで留《と》めてあり、皆に配っていた既製品とは明らかに違うのが見て分かる。

『これもしかして……手作りか？』

『うん。ユキの家で作った』

『いつの間に？』

『昨日だよ。たまたまヨリがいなかったから、気づかなかったのかも』

確かに、昨日のアンテナショップは少し遠出になってしまったし、帰りに美味そうな焼肉屋を見つけてしまったため、時間と金共々珍しく無駄遣いしてしまった。

家に着いた時にはもうチーナが俺のベッドで寝落ちしていたので、全く気付かなかったな。

図らずも、お互いサプライズを考えていたわけか。

『早く感想ちょうだい』

『お前料理出来るんだから、普通に美味《うま》いだろ』

そう言いつつも、袋を開けて手に取る。

中にはネコとウサギの形の二つのクッキーが入っていた。

ネコの方を手に取り、一口で食べる。

『うん、あまーい』

『真似《まね》しない！』

『すまんすまん。美味しいよ、ありがとな』

ちょっと茶化してやると、ペシペシと肩を叩かれる。

でも、本当に美味しい。やっぱりチーナは器用だな。

「みなさーん、お菓子交換はここまでですー。帰って歯をしっかり磨いて、早く寝てくださいね！」

もう一つのクッキーも頂いてまた少し雑談をしていると、イベント終了の指示が響いた。

これから自分のコテージに移動して、必要な人はもう一度風呂に入って就寝となる。

『それじゃチーナ、ちゃんと宮本達と帰れよ。一人にならないようにな』

『分かってる』

そう返事をしたチーナは、俺に向かって腕を広げてきた。

「また明日」のチークキスだろう。

俺ももうすっかり慣れたし、周りの視線も感じないからいいか。

まず俺からチーナの肩を引き寄せ、右頬を擦り寄せながらキス音を奏でる。

もう失敗しないぜ？　ドヤっ。

そして、今度はチーナの方から俺に身を寄せて、顔を近づけチークキス。

ちゅっ。

だが今回はいつもと違い、ピンポイントな柔らかさが俺の頬に当たった。

え、今のって……リップ？

顔を離してチーナを見ると、彼女は暗がりでも分かるくらいに赤面していた。

間違いない。チークでキスじゃなく、チークにキスしたのだ。

『ちょ、え？　チーナ、え？』

『ふふ……いたずら！　じゃあまた明日ね！』

そう言ってチーナはいたずらっぽくペロッと舌先を覗かせると、宮本達と合流すべく駆け足で離れていった。

残された俺は、頬を撫でながら呆然《ぼうぜん》とその姿を見つめる。

唇を付けるのはたしか、家族か恋人に対して……くらいじゃなかったか？

◆

次の日。

自然の家特有の朝礼の後、朝食や軽い掃除を済ませる。その間、昨日のチーナの行動について考えていたが、まじで禅問答みたいだったからやめた。

彼女自身もいつも通りだったし、まあ本当にいたずらだったのだろう。

そして九時。

学年全員で一度集合してから二つの集団に分かれ、それぞれバスで移動を始める。

片方は渓流下りのグループ、もう片方は俺たちスカイダイビング組だ。

渓流下りは約九〇人、スカイダイビングは六〇人。

スカイダイビングにこんなに参加するなんて、正直意外だ。そんな恐怖のアクティビティやりたくねぇ！　って人が大半だと思っていた。

だがその疑問はすぐに解決される。

あ、詩織もいんじゃん。

そう、詩織もスカイダイビングを選択していたのだ。バスに乗り込む際、その後ろ姿を見かけた。

そうなると必然、芋づる式に親衛隊やファンクラブの信者共も、詩織にいい所を見せたいと参加する。

大丈夫か？　高所恐怖症とかいないだろうな。

バス移動中、窓の外を眺めながらそんな事を考えていると、隣に座る細井がうとうとと俺の肩で寝始めた。即ミリタリーエルボーで叩き起こす。きもい。

二〇分ほどバスで移動していると、山の麓からさらに少し行ったところで目的地に到着した。

この辺りでは一番大きなスカイダイビングクラブ。広い芝生の敷地《しきち》が見え、その中に何本か滑走路が引かれている。

脳が震える。楽しみだ。

書類などは事前に提出してあるので、受付は素通りして芝地に集合する。

するとそこには、既に三〇人程度のインストラクターが控えていた。

ライセンスのない人間がスカイダイビングをするには、インストラクターとタンデムで飛ぶしかないので、必要な人数だろう。

外国人インストラクターも多い。日本人じゃライセンス取り辛《づら》いから、海外から雇ってるんだろうな。

整列して芝生に座り、橘先生がインストラクターと少し話をした後で、

「それでは、今からインストラクターの方から説明を受けますので、しっかり聞いておいてくださいね」

っと引き継いだ。

それを受けて、リーダーっぽい人が笑顔で進み出て、よく通る声で話し始める。

「堀北《ほりきた》高校の皆さん、今日はようこそいらっしゃいました！　私はインストラクターの……」

最初は、自己紹介や施設の概要など特にスカイダイビングとは関係の無い説明。

生徒たちは期待や不安、中には強がったりと、様々な態度でそれを聞いていた。

「それではスカイダイビングの説明に移りますが、今までにスカイダイビングをやったことあるよって人は、手を上げてください！」

よくある緊張ほぐしのアイスブレイクだ。

だがスカイダイビング経験者なんてほぼ居ないだろう。日本だとワンジャンプ三万円以上かかる高級な遊びだ。

案の定、手を挙げたのは三人だけ。

全員見知った顔で、その面子《メンツ》は佐々木、詩織、そして俺だった。

「すごーい。詩織飛んだことあるんだあ！」

「詩織ちゃんはなんだって出来るんだな！」

「かっこいい！」

すかさず褒《ほ》め称《たた》える熱心な信者たち。俺と佐々木は完全に放置だ。まぁいいけど。

その様子を見たインストラクターは、

「三人もいるなんて凄いですね。あ、そういえば……ライセンスを持っていて、今回タンデムではなく一人で飛ばれる方がいるって聞いているのですが、どなたですか？」

っと、メモを見ながら口にした。

ざわつく生徒たち。

ライセンスを持った高校生ジャンパー。そんなレアな人間がいると聞いて、皆物珍しそうにキョロキョロ探し始めた。

もちろんそれを聞いた詩織信者たちは、疑うことなく即行で詩織を持ち上げようとする。

「ライセンス持ってるなんて詩織すご……あれ」

「だれだれ～って、しおりに決まって……あれ」

ほとんどの人達が詩織に注目するなか、その声は一様に尻切れになる。

詩織がとても悔しそうに、ゆっくりと……手を下ろしたのだ。

「うそ、詩織ちゃんじゃないとしたら誰が……」

生徒たちはざわつき、慌ててその人物を探す。

候補は三人。そのうちの一人は消えた。もちろん、もう一人も手を下ろす。

そして、一人だけ手を下ろさなかった人物はすぐに視線を集めることとなった。

ま、俺なんですけどね。

おいチーナ、俺の腕を下から支えるな。別に下ろしたりしねえよ。

そう、俺は軍の訓練に交ざって空挺降下《スカイダイビング》の訓練を受けているため、一人で飛べるようにライセンスを持っている。

軍にはある程度免許の発行能力があり、スカイダイビングのライセンスは加盟国共通。

え？　滅多に体験出来るアトラクションじゃないから楽しみにしてたんじゃないかって？

そりゃあ俺だって、スケジュールの関係で月に一、二日程度しか訓練に参加出来ない。ほんとなら毎日飛びたいくらいだ。

ちなみに都合がついた日は一日に一〇回近く飛んだりする。それほどに、俺はスカイダイビングが好きだ。

俺がその人だと分かった途端、さらにざわつき出す生徒たち。

詩織からも憎らしげな視線を受信しました。電波良好です。

ここで橘先生が口を開いて、なだめるように補足した。

「静かにしてくださーい！　今から二回に分けて皆さんに飛んでいただきますが、鏡くんには二回とも飛んでもらい、空から皆さんの動画撮影をしてもらうことになっているんです」

そう、今回俺は撮影係をさせられることになった。

本当はやりたくないのだが、二回飛ばせて貰えるという条件で引き受けたのだ。本来は余りのインストラクターがやるのだが、今回は参加者が多く余裕がないらしい。

少しして喧騒も収まった所で、インストラクターが説明を再開。その後姿勢などのレクチャーが始まった。

インストラクター達がばらけて生徒達に教えている間に、俺は先生からスポーツ用の小型カメラを受け取り、持参したジャンプスーツを着込む。

皆と同様にジャージでも問題ないのだが、いろいろ楽しむ予定なので念のためだ。

それらが終わっていよいよ、前半組が二台のプロペラ機に分乗し空へと飛び立つ。

そしてその頃には詩織や信者達も調子を取り戻しており、ぎゅう詰めの機内で俺への陰口がささやかれ始めた。

「あいつ写真係だからって、二回飛ぶとかずるいよな」

「鏡のやつ、詩織の顔ピンボケさせたりなんかしたら許さないんだから」

「ごめんね。伊織のわがままで嫌な気持ちにさせて」

個人の顔撮るなんて無理に決まってんだろ。それに俺は先生のわがままを聞いた身なんだが？

体験ダイブは二〇〇〇メートル以上の間隔が開くし、飛んでる時間は数分。俺は引きで全体を少し写すだけで、撮るのも写真じゃなくて動画だ。

でも詩織の変顔はありだな、いつかやってみよう。

一〇分程度で目標の四〇〇〇メートルに到着。

雲はなく、天気も良好。地平線の彼方《かなた》まで見渡せる絶景が窓の外に広がっている。

「すげえ……たけえ」

「お前びびってんじゃねえか？」

「ま、まさか！　めっちゃ楽しみだぜ！」

機内からは歓喜の声。といっても、半分くらいは強がりに聞こえる。

女子のほとんどは結構青ざめていた。

特に俺の後ろに座る宮本は、口を△にして怯《おび》えている。

「え、高くない⁉　私なんかが飛んだらハーネスからすっぽ抜けてあああぁ！」

「おちつけ宮本。確かに身長制限ギリだったけど大丈夫だ。そなたは美しい」

「ごめんなさい！　高いところから見下ろしたいとか身の丈に合わないこと考えてごべんなざい！」

おいおい、今からが本番だというのに大丈夫か？

何が本番って？　飛ぶことではない。恐怖が……だ。

「ハッチ開きまーす！」

インストラクターの一人がそう言い、側面の大きなドアが開かれる。

初心者が一番怖いと思う瞬間。それは、外とつながって風が機内に入り込む時だ。

ごおおおぉ！

「ぎゃあああぁ！」

「無理無理無理無理！」

「空が……見える」

阿鼻叫喚《あびきょうかん》、思った通りだ。機内が恐怖の渦に包まれ、みんながパニックになる。

この高度でハッチを開けば、機内にかなり強い風が吹き、特に外の近くは高さを直接感じるため、相当な迫力のはずだ。

そしてそこにいるのは、俺。

立ち上がってハッチの縁に手をかけ、下を覗き込む。

そして抱いた感想は……

「うーん、低いな！」

だ。

半年に一回程度は、高度一万メートルからのHALO降下も体験する俺にとって、四〇〇〇メートルはちょっと物足りない。

まともに酸素のある高さなんて、まだまだだね。

しかしみやもっさんには、そんな俺の感情が理解できるはずもない。

「高いよおぉ！　約二八七八ミヤモトもあるんだからじゅうぶん高いよおお！　三〇〇〇人の私にあやまってえぇぇ！」

などと、若干泣きながら意味不明なツッコミを入れてきた。

一ミヤモト＝一三九センチメートル。無駄に計算速いな。本当は冷静なんじゃないか？

一歩踏み出せば急転直下。

そんなところに涼しい顔して立っている俺に、気付けば宮本だけでなくみんなが化け物を見るような視線を向けていた。

うーん、すっずしい！

「お、俺も景色見ようかな……」

そこで近くにいた佐々木が、強がって立ち上がろうとした。しかしそれは、インストラクターと繋がれたハーネスに妨げられる。

危ないよ……っとインストラクターに注意されてしゅんっとなる佐々木。

「やめとけよ、怖いぞ～」

「お、おう。鏡は勇気あるな……」

風に負けない声で煽《あお》る俺に対して、相変わらず引きつった笑みを浮かべるさっさきさん。

だが俺が機外に意識を戻す寸前、一瞬忌々しげな視線で睨《にら》んできた気がした。

まあいい、スカイダイビングは楽しいんだ。佐々木程度にそれは汚せない。

「そろそろ行きますよ！」

インストラクターが指示を出し、それを聞いたみんなが一斉に青ざめる。

さあ、いよいよスタートだ。

一番乗りは俺。

先行してみんなが飛び立ったあたりで、一瞬カメラを全体に向けるのが俺の役目だ。

だがそれまでは、好きに楽しませてもらう！

ゴーグルをつけた俺は床ギリギリに立って、機外に背を向け両手を大きく広げる。

体を支えるものは何もない状態で、機内の奴らに不敵な笑みを向けた。

「いおりんが頭おかしくなったぁ！」

うるせぇ宮本。なってねぇよ。

とにかく俺は風が吹き付ける中、立ち上がり始めたみんなを見渡す。

そして準備が整ったところで、バック宙をかまして大空へと飛び出した。

ごおおおおぉ！！！！

自然落下特有の内臓が持ち上がる感覚に、意識すらも置いていってしまいそうな速度。

空と地上が俺の視界をくるりと移動する。

この瞬間だけが、人生で一番頭を空っぽにできる。

あぁ、気持ちいい。

バック宙、前宙、バレルロールなどのアクションをいくつかやった後、両手を広げてスピードを落とし、後ろを振り返る。

その頃には後続も大体飛び立っており、豆粒のような人影が大空に振りまかれていた。

お！　わーとかきゃーとか言ってんじゃん。

そうだろうそうだろう。飛んでみたら、案外楽しいだろ？

俺は頭に装着したスポーツ用カメラをそちらに向け、できるだけ全体が写るように調節して撮影する。

あ、首痙《くびっ》りそう。

そのままスピードを殺し、みんなと並走。

詩織の変顔は……無理だな。流石に遠い。

しばらく生徒たちを録画していると、高度一〇〇〇メートルあたりで一斉にパラシュートが開かれ始める。

これだけの人数だとなかなかに圧巻で、空挺降下とは違うカラフルな傘たちが青空を彩った。

ちなみに俺は低高度開傘の訓練も受けているので、まだパラシュートは開かない。

俺にとって楽しいのはフリーフォールの時間だけ。つまらない低速飛行なんて、できる限り削りたい。

地上三〇〇メートル付近で流石にパラシュートを開き、指定されたエリアに正確に着地。

今回も正確な着地だ。満点！

自画自賛していると、続々と後続も着地してきた。バサッ、バサッとパラシュートが地面に叩きつけられる音が続く。

飛び終わった多くの奴らの顔からは恐怖の色が消え、達成感や爽快感が表れているように見える。

にしても、もう終わりか。楽しい時間は相変わらずあっという間だ。

さて、あと片付けをしよう。

ハーネスなどの器具を外し、移動の準備を進める。

この後、前半組全員でバス移動し後半組の所へ向かう予定だ。

だが、バスに乗り込むのには時間がかかってしまった。


その原因は……俺だ。


バスに乗る直前、俺は皆から引き留められた。

「すごいね鏡くん！　くるくる回ってたの、ちょっと見えたよ！」

「あんなに低いとこでパラシュート開いて怖くないのか？」

そう。好き勝手楽しんだおかげで、随分目立ってしまったのだ。

キラキラした視線を向けながら、俺を取り囲んでくる男女生徒たち。

このグイグイ感……いつかの海を思い出すな。あの時と同じく、ヘイトではなく尊敬が集まっている。

口々に俺を褒める声は、思いのほかこそばゆい。

そしてその群衆の中には、詩織ファンクラブの連中と思《おぼ》しき男子も見えた。あろうことか、そいつも俺を称えている。

いいのか？　どやされるぞ？

そして当の詩織はというと、輪の外側から俺を睨んでいた。ここからでも歯軋《はぎし》りの音が聞こえそうなほど、拳を握って肩を震わせている。

その周りには、同様に不満顔を湛《たた》える信者たち。

いつもなら、俺が目立つ時には律儀にちょっかいをかけてくる連中だ。だが今回はそうしてこない。

圧倒的に経験量の違う俺に、この分野で言い合っても勝てないと分かっているのだろう。

いい気味だ。どうせなら、思いっきり調子に乗ったところを見せつけてやるか。

「大したことないって。ライセンス持ってるって言ったって二〇〇回飛んだ程度のCランクだし、慣れれば誰でも怖くなくなる」

詩織に聞こえるように、分かりやすく嬉しそうに自慢して見せる。

へぇ〜、すげぇなぁ！　と感心する雰囲気を育てつつしばらく詩織たちを煽っていたら、そろそろバスに乗れと促された。

残念ながら、ここまでだ。もっと詩織の顔を歪《ゆが》ませたかったんだけどな。

しぶしぶバスに乗り込み、窓枠に肘を乗せてはあっと一息つく。すると、なぜか宮本が俺の隣に座ってきた。

髪はボサボサで、ひどく疲れているように見える。大丈夫か？

「宮本、どうした？」

「いおりんはすごいね。あんな高いところを制するなんて、世界一ビッグだよ。私はちっちゃいけど、いおりんといたらビッグになれるかな」

「お前、高さが関わると途端に残念な奴になるな」

スカイダイビングは、小さな宮本さんに大きなトラウマを残したらしい。

◆

くそっ！　くそっ！　くそっ！

鏡の野郎調子に乗りやがって！

海ではチークキスについてドヤ顔で語ってたくせに、昨日の仮装大会の後やってたじゃねえか！　騙《だま》したな！

今日だってそうだ。

みんなからもてはやされて、嬉しそうにして！　後半組と飛んだ後も、クリスやみんなから褒められて！

それに、宮本とも距離が縮まってる。羨ま……許せねぇ！
そりゃ誰だって特技くらいあるさ。
それがたった一つ明らかになったくらいで、あんなに騒がなくったっていいだろ？
不公平だ！
でも……いいさ。それも今夜までだ。
天体観測に乗じて、鏡を懲らしめる。
あいつもちょっとくらい喧嘩《けんか》はできそうだけど、俺たちの準備は完璧だ。
バレることなんてありえない。その為にあえて普段通り接したんだからな。
鏡が泣いて許しを乞う姿……楽しみだ。
そういえば、鏡はボイスレコーダーを常備してるかもしれないって詩織が言ってたな。
でもまあ、ボコボコにしてから奪って壊せば大丈夫だ。
鏡……覚悟しとけよ。

◆

夕食の時間になり、食堂に集まる。
食事はビュッフェ形式。好きな物を好きなだけ食べられる、素敵なシステムだ。
唐揚げ、サバの塩焼き、カレーライス……。

システムの恩恵にあやかり好物を皿いっぱいに積んでいると、横から腕が伸びてきて空いてる部分にサラダが盛られた。

『ヨリ。ちゃんと野菜も食べて』

『母ちゃんかよ。まあ俺は言われた事ねえけどな』

俺のトレーに野菜を盛るチーナに苦言を漏らしつつ、二人でテーブルに向かう。

別に野菜が嫌いな訳ではないのだが、いつの間にか避けてしまうのが育ち盛りの性《さが》だ。

「お、なんか久しぶりな気がするね。スカイダイビング楽しかった？」

「どうせ楽しんだんだろ。伊織はジャンプ馬鹿だからな」

「楽しかったよ。詩織の悔しがる顔も見れたしな」

先に席についていた秋本と総司が声をかけてきたので、その正面にチーナと隣り合って座りながら、言葉を返す。

「ところでお前ら、今日は二人で星を観るんだろ？」

ここで、総司が声量を少し大きくして問いかけてきた。

「ああ、そうだが」

っと、俺も同様声を大きくして答える。

この距離なら十分以上の声量だが、不自然なほどではない。

そのまま、いつもの俺たちとしては少し大きな声で会話を続けた。

「二人で見るなら、行き帰りも人目を避けないと噂《うわさ》になるぞ」

「そうだな。どこかいいルートはないか？」

「それなら、第二グラウンドの裏手に細道がある。あそこなら誰も通らないだろ」

　天体観測は現地に着いた段階で到着報告をするだけなので、行き帰りや観測についても、誰と行動しても構わない。

　大人数で集合することもなく、広いエリアでそれぞれが星を見ることになる。故に気を付けて行動すれば、教員以外の人目に見つからずイベントの開始から終了まで過ごせるというわけだ。

　おそらく教員側がカップルの思い出作りに協力しているのだろう。

　下世話というか、ノリがいいというか……。

「じゃあ、第二グラウンドの裏から行こうか。チーナ」

「そうだね。そうしよう」

　あえて日本語でチーナに同意をとった後で、俺たちは食事を始める。

　ここの食堂は美味い。沢山食べておかないと損だな。

　俺がもりもり食べる姿を見て、秋本が嬉しそうに話しかけてくる。

「鏡くんよく食べるねぇ。いいよいいよ、食べる子は育つ！　しっかり筋肉に磨きをかけてくれたまえ」

「野菜母ちゃんの次はタンパク質母ちゃんか？」

「なら残りの五大栄養素母ちゃんも出てくるかもね。ちなみにタンパク質は五天王の中でも最強だよ」

それなら、宮本はミネラル母ちゃんだな。カルシウムを摂るのだ！　っとか言ってきそう。

「あ、ビッグないおりんだ！　私も一緒していい？」

「まじで来やがったな母ちゃん」

「えぇ⁉　私いおりん産んだっけ⁉」

結局宮本も合流し、わいわいと飯を食べ始める。

数ヵ月までは、友人同士でこんなに賑《にぎ》やかな食事なんて考えられなかったな。

少しずつ、俺も青春し始めてるのかもしれない。

◆

夜。

女子用コテージの近くでこっそりと落ち合い、俺とチーナは二人で山を登る。

目的はもちろん天体観測。二人並んで夜の小道を歩く。

総司が言っていた通りこの道は人が少ないな。あいつはこういう情報をどこから仕入れているのだろうか。謎だ。

道には小さな外灯がポツポツと立っているくらいで、非常に暗い。

こんな道なら襲われても不思議はないな。

そんな事を考えながら歩いていると、自然とチーナが手を繋いできた。

なんとなく心の準備ができていたので、驚くことなくその手を握り返し、歩き続ける。

秋の暗い夜道という環境が、妙に嵐の前の静けさを彷彿《ほうふつ》とさせる。

木々がガサガサとゆれ、かろうじて見える次の外灯の明かりがとても不気味だ。

そして道程の半ば、ポツンと立った外灯が見えてきた時だった。

ついにその時が来た。


「おい、待て鏡！」


そう呼び止める声が響いて暗がりから五人の男が現れ、道を塞ぐように並ぶ。

一人は佐々木、一人は石田。他の三人は確か、詩織ファンクラブのメンバーだった気がする。

そして五人全員、鉄パイプやらバットやら何かしらの凶器を手に持っていた。それらには一様に、既に血糊がべっとりと塗られている。

なるほど、仮装大会に紛れて持ち込んだのか。

俺をボコすために、人数だけでなく武器も揃えて来たって訳だ。仮装大会をカモフラージュにして。

これは少し……予想外だったな。

そんな事を考えながら俺はズボンのポケットに手を入れる。

そこにあるのはボイスレコーダー。詩織や母の揚げ足をザバーニーヤするために、俺が常に持ち歩いているものだ。

俺は手探りでその電源を入れる。

奴らが何をしに来たかは明白だ。だが俺は情報を記録するために、あえて説明口調で問いかける。

「佐々木に石田、それに他の奴らもどうした？　そんな物騒なもの持って」

それを聞いて、石田が口を開いた。

「どうしたかって？　そりゃ、自分の胸に手当ててよく考えてみろよ」

「分かんねぇな。そんな怖い顔で睨まないでくれよ」

「流石のお前だって、武器持った俺たちに敵うわけねぇ。この間の怨《うら》みは、ここで返させてもらう！」

「待て待て、なんの事か分からない」

そうやって会話を記録しつつ、チーナの手を離して下がらせる。

チーナは少し怯えているが、慌ててはいない。事前にこうなる可能性は伝えていたからな。

っとここで、黙って聞いていた佐々木も声を上げてきた。

「鏡、俺はお前がクリスの隣にいることが許せない！　俺が無理でも、お前だけは許せない！　そのボイスレコーダーでも何でも録音すればいいさ！　お前を立ち直れないくらい痛めつけてそれも壊して、二度と間違いが起きないようにしてやる！」

おっと、ポケットの中のもの《ボイスレコーダー》に気づいてたのか。これも予想外だ。誰かさんの入れ知恵か？

俺をボコボコにしてレコーダーを奪って、山に捨てて帰る。

そして後で、俺が崖から転落してたとか適当な理由であいつが助け出す。

加えて、鈍器に付いた血は仮装用の演出として誤魔化す……と。

なるほど。それがお前のシナリオか、詩織。

つまり、証拠を守り切れば俺の勝ち。

五人の暴徒たちが、武器を携えジリジリと距離を詰めてくる。

さて、ここからが本番だな。

「俺は、お前が詩織ちゃんを傷つけるのをもう我慢できない」

「俺もだ。鏡、覚悟しろよ」

「二度と詩織に逆らえないようにしてやる」

佐々木、石田に続いて口を開く詩織ファンクラブの三人。

こいつらの事も思い出してきた。確か結構過激派な連中で、俺の善悪関係なく真っ先につっかかってきていた。

ギスギスした言葉を投げかけつつ、距離を詰めてくる五人。

そして俺と五人の距離が二メートルを切った時、ついに一人目が動いた。

石田だ。

「おらあぁ！」

金属バットを振りかざし、上段から叩き付けてくる石田。

俺はそれを一歩引いて避ける。

喰《く》らったら骨折は免れないだろう。さすがにこれは受けられない。

さらに他の奴らも、次々と武器を振るって殴りかかる。どれも、まともに受けたらさすがにノーダメージとは行かないだろう。

俺は正確にそれらを躱《かわ》しつつ、

「やめろお前ら！　そんな物で殴られたら、ただじゃ済まないヨーォ！」

「うるせぇ！　今更怯えてんじゃねえよおぉ！」

記録するために実況する俺。そしてそれを素直に受け取る石田 and so on。

俺が武器を前に手も足も出ないと思い込み、楽しそうにブンブン振り回してくる。

これはダメ、これもダメ。

正確に見極めつつ、俺は殴打を躱し続ける。

そして佐々木が、鉄パイプを横薙《よこな》ぎに振るってきた。

来た！

まともに受けても問題ない、軽い攻撃！　これを待ってたぜ！

俺は可能な限り衝撃を殺しつつ、それを腹に受け止める。

そして、

「わーあ！　いたーい！」

「やめて～！　ヨリをなぐらないで～！」

精一杯痛がる俺に、チーナも援護射撃を放つ。

最初の一撃、頂きましたァ！

先に手を出した方が悪い理論。これは、正当防衛を成立させる上で非常に大切だ。

つまり最初に殴られさえすれば、倍返しにしても文句は言われねえ！

証拠がボイスレコーダーにきちんと残ってるかはわからないが、チーナにも協力してもらってるし、なんとか伝わるだろう。

これで、反撃できる。

『ヨリ、気をつけてね……やりすぎないように』

『俺を心配しろよ』

「おいおいどうした？　これくらいで終わりだと思うなよ！」

ようやく一発目が当たり痛がる俺を見て、佐々木が調子に乗る。

「なんだよ、大したことないな」

「このままタコ殴りだ」

石田 and so on も気を良くし、にやにや笑いながら迫ってきた。

たく、面倒な事させやがって。いいぜ、これがお前らの選択だ。後悔するなよ？

「おらおら！　次いくぞ！」

再度佐々木が、両腕で鉄パイプを高く振りかざす。

だが次の瞬間、俺は素早く懐に潜り込んで、振り下ろした腕を肩で受けた。

きかないねえ！　プロだから！

「えっ！」

驚く佐々木。

その顎に、最小限のモーションで素早く掌底を叩き込み、膝で金的《きんてき》を打ち上げる。

「うぅっ!!」

股を押さえて蹲《うずくま》る佐々木。これだけでノックアウトとは行かないだろうが、ひとまずこいつは放置だ。

次に殴り掛かってきたのはバットを振るう詩織ファンA。これは腕ごと手で流しつつ、軸足を蹴飛ばし横転させる。

「いってぇぇ！」

と太ももを押さえて転げ回るアホを置いて、詩織ファンB、Cも同様にさばく。

一瞬で四人が地面に転がった。

といっても、詩織ファンAは既に立ち上がりかけているし、流石にこのくらいでは諦めんだろう。

まあ、こんなんじゃ足りないのはこっちもだけどなぁ？

「かがみいいい！」

っと叫びながら石田も殴り掛かってくるが、動きが素人過ぎて欠伸《あくび》が出る。

距離を詰めて脇腹で手首ごと押さえつけ、同時に膝を石田の腹に叩き込む。

「お、うぇ……」

いいのが入った。

流石の石田もその場にへたりこみ、腹を押さえてうめく。

情けないな。軍の野郎どもはこんなもんじゃないぞ。

「くっそ！　なめんなよ」

苦しそうな佐々木の声が耳に入る。振り返ると、何とか膝をついて立ち上がろうとしていた。

俺は歩み寄ってその足を蹴飛ばし、うおっ！　っと再度転げる佐々木の腹に蹴りを沈める。

「顔だけは勘弁してやるよ」

後ろから詩織ファンA、Bも立ち上がって武器を振るってくるが、先程のダメージもあってノロい。

「う！」

「おえ！」

軽く捌《さば》いてそれぞれ腹パン。

立ち上がらせてはぶち転がし、余裕があればそこに追い討ち。

それを何回か繰り返していくうちに、五人は這《は》いつくばってうずくまるだけで、俺を見上げて睨みつけるだけとなっていた。

その目はまだ、俺への憎悪を湛えている。

俺はしゃがみ込んで佐々木の髪の毛を鷲摑《わしづか》みにして、乱暴に視線を合わせる。すると、佐々木にしては気丈に声を捻《ひね》り出《だ》してきた。

「鏡てめ……調子に乗れるのも今のうち……だぞ」

「なんだなんだ？　まだ何か出来るってのか？」

こっちはまだまだやり足りないんだ。今までの仕打ちに対して、この程度では割に合わん。お前らがまだやれるってんなら……いいよこいよ。

「いいぜいいぜ、さあ立ち上がってこいよ！　俺は丸腰だぜ？　五人で武器持って囲めば、普通に考えて負けるはずねぇじゃねぇか。ほら、が～んばれ。が～んばれ」

喋っているうちに煽りたくなったので、手を叩いて応援とかしてみる。

「へ……後で、後悔しろ」

俺の献身的な励ましは届かず、苦しそうに声を絞り出すだけで立ち上がりはしない。

なんだろう。こんなにも情けないやつばかりだと、一周回って悲しくなってきたな。

なんとなく冷めてしまった俺は、立ち上がって佐々木を見下ろす。

いいや、もう眠らせてしまおう。

俺がそう考えた時だった、

「く……せんぱ……あとは……おねがいしま……」

「おい鏡！　動くな！」

後ろから男の声が響いた。

振り返って目に入ったのは、チーナの後ろに立つ大柄な人影。

そこには、外道にもチーナを人質にとる澤井の姿があった。

澤井はチーナの首元に両手を置き、俺を睨みつけている。

チーナは緊張した表情だ。

「澤井……せんぱい！」

「来てくれたんすね」

「かがみ……終わったなぁ？」

石田その他が、這いつくばりながらも歓喜の声を上げる。

なるほど。佐々木にしては頑張って噛《か》み付いてきたと思ったが、澤井の接近に気付かせないためか。

油断した。

「おい先輩。チーナに手出すってことは、どういうことか分かってるんだよな？」

「うるせえ！　俺はお前のせいで人生をぶち壊されたんだ！　スポーツ推薦は取り消し、今更勉強したって間に合わねえ！　どうしてくれるってんだ？」

クラスマッチの時とは、口調も目付きも随分と変わっている。

だが、こっちの方がしっくり来るな。

にしても、逆恨みにも程があるだろ。なんで俺のせいになるんだ。お前の女癖が悪いだけだろうに。

「いいか鏡！　今から目の前でクリスティーナを犯してから、てめえをぶっ殺してやる！　自分のやった事がどれほどのものか、ゆっくりじっくりわからせてやるからなぁ！！！」

……なるほど。あいつがチーナの口止めをどうするつもりなのか気になっていたが、暴行される姿を記録して脅そうって魂胆だった訳か。

てことは……来てるな。

『よしチーナ、やれ』

「オケ」

「があああああああああああぁ！」

いい加減聞くに耐えなくなったので、俺はチーナにゴーサインを送る。

待ってましたとばかりにチーナはポケットからスタンガンを取り出し、それを澤井の腹に押し当てた。

それは昨日、総司からメッセージが届いた後にチーナに渡しておいたものだ。

青いスパークが暗闇に光り、たまらず膝から崩れ落ちる澤井。

完璧な不意打ちーナが決まった。いける！

俺は数歩でその距離を縮めると、澤井の頭を両手でがっしりホールドして、勢いのまま膝を顔面に叩き込む。

確かに顔は狙わないと言った。ただし澤井、テメーはダメだ。

「が……ぁ」

一発で伸びて、ばたりと地面に倒れ込む澤井。

「え、うそ……だろ」

振り返ると、佐々木の顔が絶望に染まっていた。
他の四人も同様だ。
なるほど、これで策は打ち止めか。
「くそおおおぉ！」
打つ手の無くなった佐々木が、ヤケになって武器も持たず殴りかかってくる。
俺はその腹に拳を沈ませ、他四人も一様に殴りかかってくるが全て返り討ちにする。
一分後、俺の足元には六人の男子が伸びていた。もう意識のある者はいない。
それを見て、チーナが呆《あき》れたような声を出す。
『ヨリ……やりすぎ』
『チーナにまで手を出されたんだ。許せるわけないだろ』
『かっこいい事言ってるけど、それにしては楽しそうに殴ってたね』
『イヤ……ゼンゼン？』
まあいい、これで六人。もう俺達を襲ってくるやつは現れないだろう。
あとは、あいつが逃げないうちに引きずり出しておかないとな。
俺は暗がりの茂みに向かって、大声で呼びかける。
「おい！　詩織！」
いるんだろ？　見てたんだろ？　一部始終。
俺の声を聞いて、近くの木の陰から人影が現れた。案の定、詩織だ。

「み、みんなどうしたの！　何があったの！」

姿を現すなり、詩織は慌てて倒れている男たちに駆け寄ら……なかった。

さも心配そうな声を出すだけ出しつつ、俺を見ながら自分のポケットをとんとんと指さす。

レコーダーを切れ。

いや、いや、いや、いや……っとそう伝えているのだ。切らないと何も話さないつもりだろう。

仕方ないので、俺はボイスレコーダーを取り出し電源を切る。

「切ったぞ。もう俺は何も記録していない」

そう伝えると詩織は呆れたように話し始めた。

「気付いてたんだ？　私がいること」

「お前だからな。自分の目で見に来ないはずがない」

「たまたま通りかかっただけよ」

「ぬかせ」

お互い忌々しさを隠そうともしない口調。

佐々木たちは気を失っているし、チーナも日本語が完璧に分かる訳ではない。

つまり、今会話の内容を理解出来ているのは俺と詩織だけ。少なくとも詩織はそう思っている。

故にいつもの猫かぶりな話し方ではなく、実家で過ごしている時のような態度で言葉を交わしてきた。

「この状況、仕向けたのはお前だな？」

「仕向けたなんて人聞きの悪いこと言わないで。私はこいつらに、ああしろこうしろとは一切言ってないわ」

直接的な提案などはせずに佐々木達を焚き付けたって事か。

恐らく本当の事を言っている。詩織はそういう奴だ。ほんとどんな催眠術だよ。

「それじゃ、澤井にチーナを狙わせたのは？」

「さぁ？　ただ、クリスティーナちゃんってか弱そうで可愛いですよねって話はしたかもね？」

なるほど、なるほど。

「つまり、この件でお前を罰する事はできないって事か」

「初めからそう言ってるじゃない」

「くそったれが」

俺は盛大に舌打ちしてみせる。

自分はリスクを背負わずに他人を使うこのやり口。相変わらず反吐《へど》が出る。

チーナが暴行される姿を記録するのも、上手くいかないと見て事前に諦めたはずだ。その辺は頭が回る女だ。

ここで、詩織が呆れたように口を開いた。

「ところで、あんたなんなの⁉　五対一よ！　それもあんたは丸腰！　いくらなんでも化け物だわ！」

「おいおい、家族に対して化け物呼ばわりか？」

「私もママも、あんたを家族なんて思った事はないわ」

「だから生活費すら仕送りしてくれないと？」

「そうよ。学費払ってもらえてるだけ感謝するのね」

俺たちの会話をチーナは黙って聞いている。もし詩織が出て来たらそうしてくれと、頼んでおいたのだ。

だがなんとなくは理解しているようで、拳を握って詩織を睨んでいる。

まあそろそろ頃合いだ。時間的に放置はまずいし、これ以上有益な情報は得られないだろう。

それにもう、必要な事は聞けた。

「さて詩織、この状況だ。そろそろ先生呼んで来るか、どっか行ってくれねえか？」

「ふん！　分かったわよ消えるわよ！　今後も、こんな事がないよう精々気をつけるのね！」

そして最後に、俺とチーナを思いっきり睨みつけて、詩織は去っていった。

暗闇に彼女の背中が消えていく。

さて……と、

「ちゃんと撮ってたんだろうな？　総司」

「当たり前だろ。詩織が潜伏してる所までは撮れなかったけどな」

声を向ける先は、詩織が現れたところから少し離れた山の中。

そしてそこから、明らかに暗所対応してそうなハンディカメラを持った総司が姿を現した。

暗闇で笑う冷徹な鬼。ほんと、こういう事するときは乳酸菌より活き活きしてるな。

っとまあそれはいいとして、なぜここに総司がいるのか。それはもちろん偶然ではない。

総司は林間学校が始まる前から、佐々木たちが何か企《たくら》んでいるのではと疑っていたらしい。

そして林間学校が始まってから、その疑いはほぼ確信に変わった。更に、裏に詩織が関わっている可能性も浮上。

一日目の昼に総司から送られてきたメッセージには、その内容が書いてあったのだ。

ここでうまく立ち回れば詩織がボロを出すかもしれない。そう考えた俺たちは、奴らが動くのがこのタイミングだと予想して罠《わな》を張ったのだ。

予想通り、しっかりボロを出したな。

武器持ち五人と澤井の奇襲の二段構えで、俺を狩れると思っていたのだろう。それを完封されて、相当慌てていたようだ。

確かに今回の暴行について詩織の関与は証明出来ない。

だが経緯はともかく、俺はずっと欲しかった証拠をようやく手に入れたのだ。

「さて伊織。ついに詩織が、母親の虐待を認知してたと認めた証拠が手に入った訳だが、このデータ、受け取るのか？」

そう言って、総司はカメラからSDカードを取り出す。

確かに。この証拠を使うという事は、つまり詩織への報復を決意するという事になる。

場合によっては、俺が受けた仕打ちより残酷な復讐《ふくしゅう》を。


決断しろ……と、言外に問われる。


だから俺には、心の中で決断し切れていなかった部分が確かにあった。

でも、今はもう迷っていない。

「今まではさ、詩織の仕打ちの対象はあくまで俺一人だった。だから渋っていた。でも今回あいつはチーナにまで手を出した。これは許さない」

そう、あいつは俺以外の人間も平気で傷つける。

それが分かった今、迷うことなんてない。

俺は差し出された武器《データ》を力強く受け取る。そして、総司顔負けの冷徹な笑みで宣言した。

「詩織と母さん、お互いの一番大事なものを奪ってやる。容赦はしない。そのために……手伝え総司」

「任せろ。あいつの泣きっ面拝んでやろうぜ」

そして俺たちは鬼のように笑い合う。

呆れ顔のチーナをよそに、最凶のコンビがついに本腰を上げた。

「……そういや伊織。佐々木たち《こいつら》どうすんだ？　証拠を握ってる以上、放置しても無害だとは思うが」

「くだらねえ冗談言ってないではよ先生呼べ」

「だよな」

◆

失敗した！

何なのあいつ！　五対一なのに！　武器まで持たせたのに！　クリスティーナを利用し

たのに！

全部ねじ伏せられてしまった。

五対一でボコらせて、澤井にクリスティーナを剝《む》かせて、その動画を盾に口封じ。

いくらなんでも上手くいくだろうと思ってたのに。

まさか……バレてた？

いや……だとしても私に影響が出ることは無い。

一応佐々木たちも助けるつもりだったのよ？

けど、あいつら自身が情けなかったのだから、仕方ないわよね。

これからは大切な時期なんだもの。少し慎重に動かなくちゃ。

◆

俺は先生に容赦なくボイスレコーダーを叩きつけ、六人は退学となった。

こちらにも過剰防衛の疑いがかけられたが、そこら辺は橘先生がなんとかしてくれたらしい。ありがたや。

ちなみに総司が撮った録画記録は提出していない。

これを突き出せば詩織にもある程度疑いの目が向いたかもしれないが、それでは困るのだ。

この切り札の存在を、今詩織に勘づかれる訳にはいかないからな。

「くれぐれも、粗相の無いようにお願いしますね」

「分かってますよ」

「特に佐々木くんのお父様は重機械メーカーの社長さん。そしてモンスターな親御さんですから超気をつけてください！」

「うわ、めんどくさいな」

そして数日後、金曜日の放課後。

例の六人の処分が決まり改めて詫《わ》びの場を設けるという事で、学校に加害者親子が来ているらしい。

俺が一人暮らしという事情を考慮して、学校で集まることになったそうだ。

なぜこのタイミングなのか、それはアンジーの帰国を待っていたからである。

といっても、チーナとアンジー、そして澤井親子は俺達とは別室。そっちの方は既に始まっているらしい。

俺は今から橘先生と共に、二年生五人の親子と面会だ。

めんどくせぇぇ。別に親の謝罪とかいらないし、本人に謝られても頭に来るだけだ。

それもモンペがいるとか、だるだるのだる。

俺は先生と二人で廊下を歩きつつ、会場となる特別教室へ向かう。

「そういや先生、うちの親は？」

「用事があるから、少し遅れて参加するとおっしゃっていましたよ」

「それ来ないやつでしょ、絶対」

行けたら行く的なノリだ。まあ来たら来たで不快だけどさ。

そんな会話をしているうちに、会場に着いた。

「失礼します」

先生が引き戸をノックして開き、中に入る。

俺もそれに続くと、そこには既に大勢の人が集まっていた。

部屋には長机が六つ。部屋の前方に一つ、そこから少し離して、残り五つが縦二列に配置されていた。

五つの机には、それぞれ加害者親子が三人ずつ座っており、詩織ファンA家だけは母親と息子だけだ。

そして前方の机には椅子が二つ、これは俺と母親用だろう。

その横には校長と学年主任、そしてファントリオの担任、計三人の先生が並んでいる。

教頭や生徒指導の先生は、チーナの方か？

俺は机の後ろに立つと、鏡ですと軽く一礼してから椅子に座った。

あ、お茶置いてある。後で飲もう。

「それでは、ひとまず全員揃った所で始めたいと思います。本日は……」

橘先生が教師陣の列に加わったところで、司会の学年主任が進行を始めた。

挨拶から始まり、事件の経緯、その対応などが説明され、ついに加害者親子の謝罪のターンになった。

各親子毎《ごと》に順番に席から立ち上がって、つらつらと謝罪文を述べてくる。

めんどくさい。

ほとんどの親からは誠意が感じられたし、高そうな菓子折りも渡された。

だが当の息子が違う。どいつも殊勝な態度を装ってはいるが、その目には面倒臭さと不満とが浮かんでいる。

まあここで反省するくらいなら、そもそも事に及んではいなかっただろうが。

五億回くらいため息をつきながら謝罪を聞いていると、最後に佐々木親子の番になった。

佐々木の両親はきらびやかな洋服に身を包み、明らかに機嫌が悪そうな表情で腕を組んでいる。

そしてその父親は立ち上がることもなく、極めて横柄な態度で口を開いた。

「うちは決して謝らんぞ！　むしろ謝罪を要求する。うちの子はあばら骨にヒビが入っていたというのにそいつは無傷……被害を受けたのはうちの方だ……」

「あの、最初に殴られたのは僕なんですが！」

「それが何だ！　私が間違っているというのか⁉」

……ほう？　これが本物のモンペってやつか。

俺が眉をひきつらせていると、慌てて橘先生が間に入ってきた。

「あの、今回の件は明らかに鏡くんが被害者側であり、その証拠も揃っています。佐々木様におかれましてもご納得された上で……」

「示談という形を受け入れただけだ！　退学に関して了承した覚えは無い！」

「そうですわ！　そもそもその証拠だって、捏造《ねつぞう》したのではなくって？」

取り合わない佐々木の父母。

下手に刺激してもいけないので、俺はしばらく先生とのやり取りを傍観する。

だがそれが気に食わない様子のモンスターパパは、俺を指差して腹立たしげにイチャモンをつけてきた。

「そもそもお前の親はなんなんだ！　こんな大事な場に参加しないなんて、非常識にも程がある！」

「激しく同意します。お友達になりましょう」

いいぞぅ。アンチマイマミーはみんなフレンズ。多少の無礼は許そうぞ。

っと、その時だった。

「すみません、遅くなりました」

なんと部屋の扉が開き、一人の女性が入って来たのだ。

一七〇センチ台前半の高身長に、二十歳《はたち》にすら見える若々しい美貌。茶髪のロングへア。

鏡紗季《さき》。俺の母親だ。

マジかよ、来たのか。あの毒親がどうして？

異世界転移しちゃったレベルで驚いている俺をよそに、母は優雅な足取りで俺の横に座る。

案内してきたのであろう若い先生が扉を閉めて、立ち去っていった。

これ、今からどうなんの？

俺が驚きで固まり、先生たちも突然の事で驚いている。そんな中、佐々木父がいち早く立ち直り言葉を紡いだ。

「あんたが母親か！　今回の件、いったいどう落とし……」

「待ってあなた！」

だがその勢いは、何かに気付いた佐々木母によって止められた。

いったいなんだと怒鳴る夫に対し、慌てた様子で母は説明する。

「あの方！　鏡くんのお母様！　もしかして、クイーンドールズのサキちゃんじゃないかしら！」

「な〜にぃ⁉　あの謎の引退を遂げたサキちゃんだとぅ⁉」

それを聞いた佐々木父は、妻同様に驚いて俺の母を刮目《かつもく》してきた。

クイーンドールズ……俺が生まれる直前に猛烈な人気を博していた、歌って踊る音楽グループだ。

そして妊娠するまで、母が所属していた集団でもある。

大きな音楽番組にも度々出演していたらしいので、年代的に知っていてもおかしくはないか。

「あら、ご存知だとは嬉しいです。グループを抜けて一七年も経つというのに」

おしとやかに答える我が血縁者。

超ネコ被《かぶ》ってやがるその態度に、業腹にも佐々木の両親は急にペコペコし始めた。

「まさか本当にサキちゃ……さんだとは！　えっと、この度は息子が大変失礼を致しました！」

「この罪は末代まで背負わせて頂きますわ！」

「え！　父さん⁉　母さんまで！」

まさか、サキちゃんファンだからって態度を変えるのか？　おいおい、さっきまでの友情はどうした。一緒に毒親叩こうぜ！

だがその願い儚《はかな》く、この場は既に母の独壇場。俺の入り込む余地など無くなっていた。

「いえいえ、こちらの方こそ息子がご無礼を。昔から乱暴な子で手を焼いておりまして、むしろもっとお灸《きゅう》を据えて頂いても良かったくらいです」

「そんな！　悪いのはうちの息子です！　ほら聡太《そうた》、お前もお詫びしろ！」

「ええ！　す……すみません、でした」

大〇田常務よろしく悔しげに謝る佐々木。

こうして、謝罪の会は予想外の連続で幕を閉じた。

◆

「まさか、あんたが足を運ぶとは思わなかったよ」

「本当よ。こんな時期じゃなければ……ったく」

解散してから一〇分後。正門前にて、俺は母と二人で話をしていた。こんな機会は数ヵ月ぶりだ。

忌々しげな目を向けてくる母。

実の親子とは思えない不快なオーラを漂わせつつ、親子水いらずの会話に花が枯れる。

「あんたが問題を起こせば、詩織にも迷惑がかかるのよ？　その事を分かってやっているの？　これだからあんたは……」

「その詩織が首謀者なんだが？　そして、俺は被害者だ」

「まあいいわ。どの道、先生がどう動こうと示談に持っていくつもりだったもの。詩織の足は引っ張らせないわ」

「足を引っ張るだと？　それに、さっき言ってたこんな時期っていったいなんだ？　何かあるのか？」

「そんなこと言ってないわ。いちいち波風立てないと気が済まないの？」

ちっと舌打ちしつつ、適当に誤魔化すポイズンマミー。明らかに何かありそうだが、これ以上問いただしても無駄だろう。

そしてこの質問にも、答えてはくれないだろうな。

だが決意した以上、聞かない訳にもいかない。

俺は母を睨みつつ、人生何度目かも分からない問いを投げかけた。

「なあ、あんたはなんで俺を毛嫌いするんだ？」

「さあ？　雄一《父さん》にでも聞いてみれば？」

◆

翌日の土曜日。

俺はチーナと共に総司の家に来ていた。

総司は実家暮らしだが、今日は総司以外家には誰もいない。

秋本が到着し次第、大事な話をする予定だ。それまで俺たち三人は、総司の部屋でテレビゲームをして時間を潰す。

「おい伊織、バナナを道に捨てるな。食べ物を粗末にするな」

「そういうゲームだろ！　お前こそ亀の甲羅ぽんぽん投げて、動物愛護団体に怒られるぞ！」

『ヨリ！　じゃま！』

『チーナがうまいんだが⁉』

わちゃわちゃとレースゲームを楽しむ俺達。

ちなみに俺はゲームが下手なので、基本ボコボコにされる。いや、二人が上手すぎるだけかもしれん。

そんなこんなで時を過ごしていると、ガチャリと部屋のドアが開いた。

秋本が到着したらしい。いつもの元気そうな顔を、扉からひょこりと覗かせる。

って勝手に入って来ただと⁉

「やっほ〜総司くん。連れてきたよ〜」

「ああ秋本、悪いな」

なんか名前で呼んでるし！

家に勝手に入る＋名前呼び。これはそういう仲だろ間違いないだろ！　あれ、他にもそんな奴いた気が……気のせいか。

「やっほーいおりんチーナちゃん、お母さんだぞ」

「ようお前ら、楽しそうだな」

そして秋本に続いて、宮本や細井も入ってきた。

ん？　呼んだのは秋本だけのはず。二人が来るなんて聞いてないぞ……。

『私がユキに頼んで呼んでもらったの』

俺が疑問に思っていると、チーナが俺に耳打ちしてきた。

『どうしてそんな事を？』

『二人ともヨリの友達だから、知っておいて貰った方がいいよ』

友達……そうか、友達か。そうだな、話しておくのも悪くはないだろう。

「じゃ、皆座ってくれ」

「お茶入れてくるね」

総司が座布団を放り、秋本がお茶を用意する。

うん……おん？　まあいいか。

そして六人でちゃぶ台を囲み少し雑談をした後、ついに本題を切り出す流れになった。

皆が注目する中、俺は静かに口を開く。

「これは、完全に俺の家庭の問題だ……。詩織や母さんに復讐するっていう、ただの私情だ」

皆、俺の話を真剣に聞いてくれている。

「でも、皆には話しておきたい。皆はその……友人だから……な。そして話を聞いたあとで、もしも……もしも協力してくれると言うのなら、とても助かるし、嬉しい」

そして、俺は総司以外《みんな》を見回す。

緊張した空気が張りつめる中、俺は宣言した。


「俺は、母さんの親権を喪失させる」


それを聞いて、驚いた顔をしたのが秋本とチーナ。

疑問符を浮かべているのが宮本と細井。

総司は知らん。

「親権喪失って、親子の縁を切るって事？」

最初に口を開いたのは宮本だ。明らかに低い座高を必死に伸ばして、首を傾げる。

「親権喪失では法律上親子としての縁は切れないけど、まあそんな感じだな」

「でもでもそれって、しおりんへの復讐にはならないんじゃないの？」

「いや、そうとも言えない」

口を△にして聞いてくる宮本に対し、俺は説明を続ける。

「親権ってのは、子供一人ごとに発生するものじゃない。親ごとに発生するものだ。だから俺への親権を失うと、同時に詩織への親権も失う。そうなると一緒には暮らせないし、場合によっては接触禁止。詩織には代わりの後見人が用意される。親が子供にしてやれることが、ほぼ一切失われるんだ」

　つまり……っと俺は続けた。

「詩織と母さんが、ある意味で親子じゃなくなる」

「な、なるほど……」

　目からウロコが落ちるみやもっさん。

「あ、コンタクトとれちゃった」

　もとい目からレンズのみやもっさんは、納得したような顔で部屋を出て行ってしまった。どこ行くねーん。

　そしてコンタクトをつけ直した宮本が戻って来るのを待って、話を再開する。

「でもよ、そんなに簡単に親権って無くせるもんなのか？」

「簡単ではないな。特に双子の片方だけが親を訴えるなんて、事例としてはレア中のレアだ」

　細井の疑問は尤もなので、ここは少し丁寧に答えておく。

「親権喪失が適用される例はケースバイケースだし、親権喪失の条件もふわっとしてて明確なボーダーはない。それにこれは裁判で扱われる案件じゃないから、過去の事例の詳細は公開されない。だから出来るだけ万全を期しておきたいんだ」

「そこで私たちに協力して欲しいってこと？」

「その通りだ」

意外と頭が回る秋本に、俺は頷《うなず》く。

「こないだの林間学校で、母の俺への仕打ちに関して詩織が黙認、協力しているという確認は取れた。あとはその確度を上げるために、皆にはひとまず詩織が漏らした本性《ボロ》を集めて欲しい」

ここまで話した俺は、総司以外《みんな》の目を見て問いかける。

「どうか、手伝って欲しい」

心臓がバクバク言う。こんな話、友達に話す事なんてほとんど無かった。

完全に自分勝手な頼みに、皆がどう答えるのか。

俺が緊張して待っていると、まずチーナが口を開いた。

『私はもう関わってるんだから、今更でしょ？　なんなら私だって被害者なんだし、仲間外れなんて許さないから』

『そうか……ありがとう、チーナ』

チーナならそう言ってくれるのではないかと思っていたが、正直ほっとした。

俺はチーナの目を見て、静かに頷く。

「私も協力するよ。伊織くんが正しいって証明したいもん」

さらっと伊織くん呼びしてきたのは秋本。ウブな俺には刺さるからやめて。

「そういう事なら、俺もやるぜ。なんかざまあ展開っぽくて面白そうだ」

これは細井。彼も手伝ってくれると言う。ありがたい。

「俺は……」

「お前は断らせない」

既に片棒を担いでる総司は強制参加です。そもそもお前がいなきゃ色々と破綻しそうなんだよ。

そして、最後は宮本だ。みんなの視線が集まる中、彼女はゆっくりと話し始めた。

「私……」

緊張する宮本。

妙に顔が赤くなり、テーブルの上で手をギュッと握る。

そして、意を決したように口を開いた。

「私も、手伝うよ！　だって私、いおりんのこと好きだもん！」

「「「「え？」」」」

えええええええええええぇ!?　え、これって、えええええぇ!?

「あ……アカリ？」

チーナがなぜか顔を青くして尋ねる。え、なにそのオーラ怖い。

ちなみに明里《あかり》というのは宮本の名前って今はそういうのどうでもいい！

「あ、いやその別にいおりんと付き合いたいとかそういう事は言ってないよ！　普通にこれはその……そう！　ライク！　ライクの意味だから！　いおりんにはもうベストなパートナーがいるわけだし！」

大慌てで手をバタバタさせる宮本。

なんだなんだ、そういう事か。びっくりしたぁ。ってかパートナーって誰だよ全くもう。

そうだよな、宮本が俺の事愛してるとかそれは無いよな。

俺は急激にピッチをあげた心臓をなだめ、麦茶を飲んで心を落ち着かせる。

当の宮本はというと、真っ赤な顔でチーナの事を羨ましそうに見ていた。誤解を生んでしまいよほど焦ったのだろう。

チーナもほっとした顔をしている。うん、うん、よかった。誤解が解けて一段落だな。

とにかく、みんな協力してくれると言うのだから、これは大きな前進だ。

「みんな、ありがとう。これからよろしく頼む」

あとがき

皆様初めまして。アサヒと申します！

この度は『日本語が話せないロシア人美少女転入生が頼れるのは、多言語マスターの俺1人』をお手にとって頂き、誠にありがとうございます！

第一巻のあとがきということで、この作品の裏話を少し。

この物語を書くきっかけとなったのは、あるモデルさんの写真を見たことです。

衝撃でした。

結局のところ、日本人女性が一番可愛い……というのが、それまでの私の結論でしたから、その驚きたるや。

これはロシア人女性の美しさを広めなければ！　という謎の使命感を抱き、執筆のスタートです。

ただこの物語は、もともとローファンタジー（現実世界ファンタジー）で書いていました。

チーナは、精霊使いでした。

強い力を持っていることから狙われたチーナは、ロシアからアメリカに逃亡し、米軍経由で伊織の元に預けられる……そんな感じ。

　しかし、ファンタジーというこの世に無いものを描写する作品は、私にはまだ早かったようで……。

　それならば、現実世界のラブコメにしてしまえ！　れん○いっ！

　この作品の爆誕です。

　まず考えたのはヒロインの名前。

　これは、アメリカとロシアで愛称が違う名前にしたいという理由から、クリスティーナにしました。

　今となっては、チーナはチーナ以外ありえない！　というくらいしっくりきています。

　クルニコワ……は、適当に響きのいいものを。

　主人公は、外国人が発音しにくい名前にしたいと思いました。

　美少女が一生懸命自分《主人公》の名前を発音しようとする姿……良くない？

　となると、自然と母音が連続する名前に辿り着きます。

　その中で伊織という名前を選んだのは、あるＷｅｂ小説へのリスペクトです。

　そのラブコメ作品は、残念ながら長らく更新が途絶えてしまっているのですが、私の中のラブコメという概念を形作る大きな存在であり続けているのです。

その作品の主人公の名前を、誠に勝手ながら頂くことにしました。

決して、某ダイビング漫画のパクリではありません。

Ｗｅｂ版で読者様から「あれ、ぐ○んぶる？」と何度か言われましたが、それをきっかけに初めてぐら○ぶる読んだので、違います！　一気読みしました超絶面白かったです！

とまあ、あとがきでまで他作品様のお話ばかりですが、許して（上目遣い）。

それでは、謝辞を。

まずは、マガジンエッジ編集部の五十嵐《いがらし》様、河内《かわち》様。星の数ほどあるＷｅｂ小説の中から、拙作を見つけ出しご推挙してくださったこと、本当にありがとうございます。運営様を通して書籍化のお誘いをいただいた時、本当に心臓って止まるんだなと知りました。

そして、ご担当頂きましたラノベ文庫編集部の庄司《しょうじ》様。作家として経験値０の私が作品を出版できたのは、間違いなく庄司様のお力あってのことです。スケジュールや校正など様々な面で、便宜をはかって頂きました。至上の感謝を申し上げます。未熟者ですが、今後とも何卒よろしくお願いいたします。

イラストレーターの飴玉《あめだま》コン様。伊織やチーナに最高の命を吹き込んでくださり、感謝と感動の思いでいっぱいです。チーナのイラストを初めて見た時、可愛過ぎて、気付いたら息切れとともに別の建物にいました。ご担当頂き、本当にありがとうございます。

友人諸君。いつも精神的に支えてくれてありがとう。ご要望通り、プロフィール欄に味噌煮込みうどん好きって書いてやったぞ。一度も食ったことないけどなぁ！

最後に読者の皆様に、最大級の感謝を申し上げます。

叶うなら、二巻でお会いできることを願って。

アサヒ

13日（火）より連載開始!!
https://pocket.shonenmagazine.com/

講談社ラノベ文庫

日本語《にほんご》が話《はな》せないロシア人《じん》美《び》少《しょう》女《じょ》転《てん》入《にゅう》生《せい》が頼《たよ》れるのは、多言語《たげんご》マスターの俺《おれ》1人《ひとり》

アサヒ

2021年6月30日第1刷発行

発行者	森田浩章
発行所	株式会社　講談社 〒112-8001 東京都文京区音羽2-12-21
電話	出版　(03)5395-3715 販売　(03)5395-3608 業務　(03)5395-3603
デザイン	たにごめかぶと（ムシカゴグラフィクス）
本文データ制作	講談社デジタル製作
印刷所	豊国印刷株式会社
製本所	株式会社フォーネット社

KODANSHA

ISBN978-4-06-522768-8　N.D.C.913　295p　15㎝

定価はカバーに表示してあります

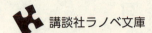